# 公主新娘

[美] 威廉姆·高德曼 著

蔡丹青 译

世界图书出版公司
北京·广州·上海·西安

## 图书在版编目（CIP）数据

公主新娘 / (美) 威廉姆·高德曼(William Goldman) 著 ; 蔡丹青译. —北京 : 世界图书出版公司北京公司, 2016.12
书名原文: William Goldman：Four Screenplays with Essays
ISBN 978-7-5192-2063-1

Ⅰ. ①公… Ⅱ. ①威… ②蔡… Ⅲ. ①电影文学剧本—美国—现代 Ⅳ. ①I712.35

中国版本图书馆CIP数据核字(2016)第271690号

WILLIAM GOLDMAN: FOUR SCREENPLAYS WITH ESSAYS
BY WILLIAM GOLDMAN
Copyright: ©
1. 2001 BY WILLIAM GOLDMAN
2. New Material Copyrighted 1995 by William Goldman
The Princess Bride -- Copyright 1987 by The Princess Bride Limited, released by Twentieth Century Fox Film Corporation. Based on the novel copyright 1973 by William Goldman published by Harcourt Brace Jovanovich. Used by permission.
This edition arranged with Robert Lecker Agency
Through BIG APPLE AGENCY, INC., LABUAN, MALAYSIA.
Simplified Chinese edition copyright:
2017 BEIJING WORLD PUBLISHING CORPORATION
All rights reserved.

| 书　　名 | 公主新娘 |
|---|---|
|  | GONGZHU XINNIANG |
| 著　　者 | [美]威廉姆·高德曼 |
| 译　　者 | 蔡丹青 |
| 策划编辑 | 霍雨佳 |
| 责任编辑 | 霍雨佳　陈俞蒨 |
| 装帧设计 | 田　儿 |
| 出版发行 | 世界图书出版公司北京公司 |
| 地　　址 | 北京市东城区朝内大街137号 |
| 邮　　编 | 100010 |
| 电　　话 | 010-64038355（发行）　64037380（客服）　64033507（总编室） |
| 网　　址 | http://www.wpcbj.com.cn |
| 邮　　箱 | wpcbjst@vip.163.com |
| 销　　售 | 新华书店 |
| 印　　刷 | 北京博图彩色印刷有限公司 |
| 开　　本 | 880 mm × 1230 mm　1/32 |
| 印　　张 | 5.75 |
| 字　　数 | 102千字 |
| 版　　次 | 2017年4月第1版　2017年4月第1次印刷 |
| 版权登记 | 01-2014-3595 |
| 国际书号 | ISBN 978-7-5192-2063-1 |
| 定　　价 | 38.00 元 |

版权所有　翻印必究
（如发现印装质量问题，请与本公司联系调换）

# 公主新娘

导　　演　罗伯·莱纳
制　　片　安德鲁·沙因曼
　　　　　罗伯·莱纳
摄　　影　艾德里安·比德尔
剪　　辑　罗伯特·雷顿
艺术指导　诺曼·加伍德
配　　乐　马克·诺普弗勒


剧　　本　威廉姆·高德曼
　　　　　（根据其同名小说改编）

下面我要讲的是《公主新娘》这本小说诞生的过程。

我特别喜欢给我的两个女儿讲故事。她们小时候，我经常会去她们的房间，随口就编出各种故事。认识我的人都知道，我并不觉得自己的工作有多了不起，但是老天，在我女儿们小的时候，每到傍晚，我可是个讲故事的高手。编故事对我来说简直轻而易举。我知道这一点，是因为女儿们会偷偷跑出去，告诉她们的母亲，然后我妻子就会跟我说，"把你跟她们讲的故事写下来啊"。我回答她说，我不需要把它们写下来，我每次都讲得激情澎湃，所有情节我都能记住。

当然，这已经是往事了。我讲了近四十年的故事，如果说能要回一件过去的东西，那我最想要的就是那些时光。不过说真的，其实这也并不重要了。时过境迁。记得应该是1970年，在带我的两个女儿——七岁的珍妮和四岁的苏珊娜——去神奇镇的路上，我对她俩说："爸爸准备给你们写个故事，你们最想听什么故事？"她们一个回答"公主"，另一个回答"新娘"。

我回答女儿们说："那'公主'和'新娘'就是咱们的书名了。"这便是这本书最终的名字。

我最初写的一些片段已经丢失了。我记得大概是几页纸的样子，也可能不止那些，我当时把它们从比弗利山庄酒店寄回了家。因为当时是作为一本儿童读物来写的，我最初给人物起的名字都傻乎乎的：金凤花、亨珀丁克。我想总共应该没有多少页纸，我从来就没在南加州写出过什么东西来。

当然，这是我的问题。我觉得南加州是一个太过美妙的地方。其实在近几年的疯狂之前，洛杉矶在大多数人眼中确实是这样。现在想起来，我觉得这些年来最出乎我意料的一件事，就是洛杉矶竟然成了一个留不住人的地方。在我人生的前五十年中，说句老土的话，它代表了美国梦。感到生活压力太大了？那就去西海岸吧，你会放松下来的。而我倒是更适应快节奏的环境，所以一直都是在纽约写作。

该言归正传了。刚才说到，最初写的那几页丢失了。随之而去的，是为我的两个小公主写这个故事的这一初衷。这是在一种最不经意的情况下发生的。我并不太理解创作就其本身而言，究竟是一个什么样的过程。事实上，我是故意不去做这方面的理解。我不知道它是什么，它是如何运作的，但我很害怕会不会有一天早晨，我忽然就写不出东西来了，因此一直以来我都尽量回避去思考这个问题。

有这么一个段子,讲的是奥利弗①版的《奥赛罗》一次非常成功的演出。当时,演出结束后,扮演苔丝-德蒙娜的玛吉·史密斯②离开剧院时,敲了敲奥利弗化妆间的门,看到他盯着墙壁,手里拿着一杯威士忌。她对他说,当晚他的表演简直太神奇了。而他的回答是:"这我知道……但我不知道我是怎么做到的。"我能想象他说这话时一定流出了激动又绝望的泪水。

这段轶闻和我本人的经历有一点相似之处:《公主新娘》是我写过的所有小说中我唯一真正喜欢的一部,但我不知道我是怎么把它写出来的。我还记得第一章写的是金凤花怎样成为世界上最美丽的女子。第二章登场的人物则是不怎么招人喜欢的亨珀丁克王子,"死亡动物园"的残酷杀手。

但接着我就卡住了。

这是每个码字人的噩梦。我开始在街上到处走,因灵感匮乏而心慌意乱。因为,你要知道,所有的画面都浮现在我的脑中了——疯崖上的比剑,伊尼戈和他对六指人的苦苦追寻,费兹克和他的押韵本领——但我不知道应该怎么去诠释这些画面,怎么把它们串在一起。我感到我的灵感之窗开始

---

① 劳伦斯·奥利弗(1907—1989),英国舞台剧、电影演员。
② 玛吉·史密斯(1934— ),英国电影、舞台剧女演员。

关闭。我们没必要钻牛角尖，我们可以放弃，没事儿的，我们会找到其他故事来写的。

但我不想写别的故事，你知道吗，我当时一心想要把这个故事写出来。但我就是找不到把它写出来的方法。我想到了我之前最绝望的一次经历：二十四岁那年，我念完了大学，服完了兵役，就要去芝加哥的一家广告公司开始艰难的文案生涯，当时我写了我的第一本小说《金庙》。我花了三周时间写了大约两百页，那之前我从来没写过超过三十页的东西。我记得我当时写到第75页、第100页、第150页的时候心里想，"我不知道我这是到哪儿了，我只知道我之前从来没到过这里"。后来这本书出版了，忽然间我成了一个作家，这是我一直以来梦寐以求、但是又从来不敢想象的。

然后我想到了一个主意：把我要写的这个故事，当作另外一本篇幅更长的书的缩略本。这个想法让《公主新娘》得以继续。我这本书将会是一个叫作西蒙·摩根斯特恩的作家曾经写过的一本书的缩略本。而摩根斯特恩的这本书，将会成为我父亲小时候生病时，他父亲给他念过的一本书（在电影里，是爷爷给我念），而我父亲只给我念了书里精彩的部分，因为他不想让我觉得无聊。

也就是说，我可以想怎么写就怎么写。我是自由的。所以我开始动笔写第一章，我病了，我父亲为了给我打发时间,开始念这本书给我听——

——于是我思如泉涌。

我非常崇拜、但素未谋面的一位作家罗斯·麦克唐纳[①]评价《公主新娘》是一本"让人得到愉悦和释放的书"。我非常珍视这个评价,因为我在写书的过程中确实得到了愉悦和释放。由于当时我是在一种随意的状态下写作,我总是会把写完的部分带回家给我当时的妻子读——通常我只有在一本书写完之后才会给人看——并问她觉得怎么样。她一直对我说,接着写,接着写,于是我就一直写了下去。

那是我这辈子唯一一次享受写作的过程。如果你一辈子都困在你的条条框框里,你是不会知道其中的意义的,因为你无法捕捉那些潜藏在你脑中,但是一落到纸上就无法挥洒的东西。

这本书见证了我人生中灵感最为强烈的时刻。我记得在去办公室的路上,我脑中浮现出韦斯利身处死亡动物园(在电影中因为成本问题被"绝望之穴"取代)的画面。韦斯利被邪恶的鲁根伯爵百般折磨,伯爵是痛苦学博士(如果放到现代来说,伯爵会是一个博士,但是故事的背景年代还没有学位这个概念,那时候已经有教育存在了,但教育家们还

---

[①] 罗斯·麦克唐纳,美国犯罪小说作家肯尼斯·米勒(1915—1983)的化名。

没有意识到学位可以变成财源），然后韦斯利被绑在死亡机器上，暴怒的亨珀丁克王子下到洞里，把机器调到了最高的一挡，此时伊尼戈和费兹克正琢磨着怎么救出韦斯利，然后他们听到了死亡之号，于是觅着声音开始寻找……总之，那天早晨我在去上班的路上，思考着怎么把韦斯利救出来。到了办公室，我在桌子前坐下，喝咖啡，看报纸，悠闲了一会儿。然后我心想，我不会让他获救。于是我写下了这句话：韦斯利死在了死亡机器旁。

我想我应该盯着这句话看了很长时间。韦斯利死在了死亡机器旁。你们瞧，他是个完美的人，但他并没有因此而自负，他懂得什么是折磨，他对爱并不陌生，对痛苦也不陌生，然后这句话还在那儿放着。

韦斯利死在了死亡机器旁……

你杀了他，我心想。你杀了韦斯利。你怎么能这么做？我盯着这句话，盯着它，然后我失控了，我开始哭，我一个人在那儿哭。你瞧，当时没人能把我从那种状态中拽出来。我也不知道我当时是什么状况，我只知道我从来没有过那样的感受，我非常无助，即使现在二十多年过去了，我还能真切地感受到当时我的泪水那令人震惊的温度。我从桌前站起身，跑进洗手间洗了个冷水脸，我抬起头，看着镜子里那个满脸通红、蓬头垢面的人，他也看着我，我们到底是谁？我们该怎样活下去？

我之所以与你们分享这段经历，是因为，我想让你们知道，尽管我并不认为写作是一种理想的人生，无论是在与他人建立关系、爱与被爱，还有所有我们渴望，或者是声称渴望的那些煽情的东西这些方面，但写作的人生还是有它让人铭记的时刻。如果你要我回忆自己创作生涯的高潮，我只有一个答案，就是我和韦斯利找到彼此的那一天。

这本书接下来的创作过程很顺利。我的编辑海然·海顿很喜欢它，但更为重要的是，我也很喜欢它。写完这本书后，我生了一场重病，住进了医院，当时我都以为自己快死了。

\*

接着我要来讲讲电影《公主新娘》诞生的过程。

福克斯那位"绿灯先生"喜欢这本书。电影公司有各种职衔——这个副主席啦，那个执行总监啦，诸如此类，都是浮云。在电影界，只有一种权力，那就是决定是否给一部电影亮绿灯的权力。每家电影公司只有一个人说了算。不过你要知道，每个生活在美国大陆的人都可以给一部电影亮绿灯。五千美元也能拍出电影。对于我们大多数人来说，这是一个出得起的数字。你可以花五千美元当一回大亨。那这些钱能拍出什么样的电影呢？你可拍不出追车戏。你可请不到施瓦辛格①先生。你能请到几个业余或者龙套演员就不错了。你拍出的这部电影可能不会是什么情节跌宕起伏的卖座大片。但是，如果你有钱买足够的胶片，你就能拍出一部电影。我们的电影就是这样。美国的大电影公司都有一个人有权给任何一部电影亮绿灯，而今天，"任何一部电影"都有可能意味着高达一亿美元的投资。要我说嘛，那家电影公司的其他高管，无论他们的头衔是什么，他们都没什么实际地位。

言归正传，福克斯那位"绿灯先生"喜欢这本书。

我被选中了。

问题是：他起先完全不确定这本书能不能拍成电影。因此我们达成了一个奇怪的协议。他们会买下小说的版权，而我得写出剧本，但是他们只有最终决定了拍这部电影，才会买下我的剧本。换句话说，风险由双方共同承担。

我写了剧本。绿灯先生喜欢我的剧本，但依然不能百分之百确定电影的可行性。因此他安排我去伦敦见了刚刚凭借《三个火枪手》大获成功的理查德·莱斯特②。莱斯特最有

---

① 阿诺·施瓦辛格（1947— ），在奥地利出生，健美运动员出身，后成为好莱坞动作巨星。

② 理查德·莱斯特（1932— ），美国导演、编剧，代表作有《一夜狂欢》《超人2》等。

名的是他拍的那些关于披头士的纪录片,他是一个很出色的电影人,他来自费城,居住在英格兰。

我们见了面,他给我提了一些建议,我采纳了,他喜欢我写的东西。不过更重要的是,整件事中唯一真正重要的那个人,福克斯的绿灯先生,喜欢我写的东西。

我安全了。

新问题:福克斯的绿灯先生被炒了。

事情是这样的:原先的那位绿灯先生被解雇了,再也不能每周一晚上去莫顿①吃牛排了,合同的保护让他捞到了一大笔钱,但他备受屈辱。

新任绿灯先生上任后首先约法三章:由他的前任通过的正在筹备中的项目,必须全部停工。为什么呢?因为如果拍完了,票房成功了,算到谁头上呢?前任绿灯先生。因此,这位可以开始每周一去莫顿吃牛排的新任绿灯先生必须忍受千夫所指,因为他不想给他的同僚们留下任何讥笑自己的机会——"那个混蛋,这部电影可不是他的功劳"。

死刑判决。

《公主新娘》就这样被雪藏了,很可能永远不会得到问世的机会。

---

① 莫顿,美国牛排餐厅。

当然，这让我很受伤，但我当时本就面临着困难的处境，因此它带来的打击并没有那么大。因为，你瞧，生了那场病之后，我的生活变得相当窘迫：我当时42岁，银行户头上已经没有了存款，还得养活妻子和两个孩子。因此我在努力挣钱养活她们。我写剧本、写书，不断创作、修改，所有这些都是值得尊敬的工作，并不仅仅是迫于生计所为。我付出了我的投入。（写作没有什么规则，如果说有的话，投入肯定是规则之一。或者，用我们知识分子的话来说，你最好上点儿心。）

但所有这些作品对我来说，都不如《公主新娘》的意义重大。最终我意识到了，我已经让出了对它的控制权。福克斯买下了这本书。我有剧本权又怎样，他们可以再找个人写剧本。他们想怎么改，就能怎么改。所以我做了一件让自己非常骄傲的事儿。我用自己的钱从他们手中买回了小说的改编权。我想他们可能怀疑我在打什么小算盘。我没有。我只是不想看到哪个傻瓜蛋毁了我最好的作品，我意识到它很可能是我这辈子最好的一部作品。

经历了一番漫长的协商，它又是我的了。现在，只有我这个傻瓜蛋拥有对《公主新娘》的破坏权了。

最近我听说了杰克·芬尼①的《一次又一次》等待了近二十年,还是没被搬上银幕的事儿。《公主新娘》没折腾那么久,可差得也不远。我没有把整个过程用笔记录下来,所以下面的内容来自我的回忆。你首先需要知道,拍电影需要两样东西,一个是热情,一个是资金。当时《公主新娘》得到了许多人的青睐。据我所知就至少有两个绿灯先生看中了这本小说。这两个人先后都曾和我定了协议。他们对投拍这部电影的兴趣比任何其他电影都要大。

但两次的情况都是,就在拍摄即将开始前的那个周末,当时的绿灯先生丢掉了饭碗。接下来我要说的可能有点令人难以置信:其中一家公司(一家小公司)在开拍前的那个周末倒闭了。这个剧本就这样得到了一个特别的名声——某篇文章把它列为没有被成功搬上银幕的历史最佳之一。

真相是,等待了超过十年之后,我对电影《公主新娘》完全失去了信心。每次有人对小说表现出兴趣,我都会担心之后会出现问题,果然不祥的预感每一次都成为现实。但改编这本小说的工作十多年前就启动了,它最终会成为我的救星。

《虎豹小霸王》拍完之后,我曾经一度淡出过电影圈。

---

① 杰克·芬尼(1911—1995),美国科幻小说作家,代表作有《人体异形》等。

（现在我说的是20世纪60年代末的事儿。）我想尝试一些新东西，写纪实作品。当时我听到身边的一些人谈论他们的心理机构的利弊，产生了一个非常愚蠢的想法。我打算写一篇名为《窗口》的文章，以为心理机构会像大学那样需要宣传。"我们拥有世界一流的抑郁症部门。"我决定去拜访这些人，跟他们谈谈机构的入院标准、班级规模、学员人数、伙食质量等方面的问题。在深入这个项目之前，我忽然意识到，如果没有门林格尔家族①的配合，这篇文章就死定了。最终我放弃了这个想法。我从来不喜欢看别人的脸色。

我无所事事了一阵子，想着我应该研究什么，某个圈子总会有人对我敞开心扉。我想到了百老汇。我是个失败的剧作家，三十岁前写过三个剧本，但很讨厌舞台剧——它太残酷了。无论是电影还是小说，在你初步完成一部作品，到作品正式面世之间，通常会有一年的时间，但百老汇的节奏完全不是这样——一个剧马上就要开演的时候，你很有可能还在修改剧本。你的疤痕组织永远得不到痊愈。这让人很痛苦。

所以我很了解舞台剧，我在那个圈子里有许多朋友和旧相识，我刚毕业时就是在这行干的。而且，舞台剧界充斥着嫉妒、仇恨和愤怒。我知道总会有人跟我分享圈内的情况。

---

① 来自美国堪萨斯州的门林格尔家族于1919年成立了"门林格尔基金会"，在心理研究和治疗方面有重大贡献。

如果制片人和编剧不开口,还有舞台经理人呢。

后来我写了一本关于百老汇的书,书名是《季节》。在一年的时间内,我在纽约内外进了几百次剧院,每部戏我都看过至少一遍。但是我看过次数最多的是一部名为《与众不同》的非常棒的喜剧。

它的导演是卡尔·莱纳[①]。

他对我的帮助非常大,我也非常喜欢他这个人。这本书写完后,我给他寄了一本。几年后当我写完了《公主新娘》,我也给他寄了一本。然后有一天,他把这本书给了他的大儿子。他对儿子罗伯说:"这个给你看看,我觉得你会喜欢的。"

很幸运的是,卡尔说对了。罗伯成为一个导演是好几年之后的事儿了。当时他正出演那个年代红极一时的电视剧《全家福》,制片人是诺曼·里尔[②]。十年后,罗伯成为导演,并与他的朋友、制片人安迪·沙因曼成立了一家小电影公司。当时,他已经拍出了处女作《摇滚万岁》,第二部作品《校门外》刚刚完成了粗剪。有一天,这对朋友坐在那儿考虑接下来要拍什么,然后罗伯想起了我的书,他们聊起了

---

[①] 卡尔·莱纳(1922— ),美国喜剧演员、舞台剧和电视导演、编剧,曾九次获得美国电视界最高奖项艾美奖。

[②] 诺曼·里尔(1922— ),美国电视导演、编剧。

这本书,他把书又重新读了一遍,跃跃欲试。

最终我们见了面,这本小说终于被搬上了银幕。但是这个过程中有许多不顺,因为那部让莱纳迈入具有商业价值的导演行列的《伴我同行》①当时还未问世。但他可是个极端固执的人,最终诺曼·里尔给我们提供了资金。当时我非常感激,现在依然如此,我永远都会感激他。

第一次对词是在伦敦的一家酒店进行的。当时参加的有罗伯和安迪,韦斯利和金凤花的扮演者加利·艾尔维斯和罗宾·莱特,反派亨珀丁克和鲁根伯爵的扮演者克里斯·萨兰登和克里斯·盖斯特,邪恶的天才维兹尼的扮演者华力·肖恩,伊尼戈的扮演者曼迪·帕廷金。还有一个人独自安静地坐在一边(他总是安静地坐着),他是费兹克的扮演者巨人安德雷。

这可不是普普通通的一群人。

而另一个温文尔雅地坐在角落里的,是本人。我在娱乐圈最尊敬的两位泰斗级人物——伊利亚·卡赞②和乔治·罗

---

① 《伴我同行》,罗伯·莱纳1986年的作品,曾获1987年奥斯卡最佳改编剧本奖提名。
② 伊利亚·卡赞(1909—2003),美国导演,曾凭《君子协定》和《码头风云》先后获得1948年和1955年奥斯卡最佳导演奖,其他代表作包括《欲望号街车》《伊甸园之东》。

伊·希尔[①]——两人都曾在采访中对我说过同样的话：一部电影的成败，在演员们第一次对词时就已经基本决定了。如果你让剧本奏效了，选角成功了，你就有机会拿出一部高质量的电影。但如果这两步没有做好，那无论剩下的过程中各方面的技术再怎么精湛，都回天乏术。

对于那些正在筹备中的项目，这话听起来可能有些危言耸听，但事实确实如此。它之所以听起来有些夸张，是因为当一个剧本在筹备时，《首映》杂志不会去探班，《娱乐周刊》也不会对选角的过程进行报道。一部电影只有在拍摄的过程中，才会出现媒体的身影，而拍摄恰恰是整个电影的制作过程中最不重要的一个环节。拍摄就好比一个工厂组装汽车的过程。后期制作、剪辑和配乐都比拍摄重要得多。

但是拍摄又是唯一被公众所悉知的一个环节——我们在杂志和电视上看到那些糟糕的报道，声称能带你进入一部影片的幕后制作过程，那完完全全是胡说八道。电影公司知道谁在看着它们的一举一动，于是乖乖配合。当敌人出现时，明星们只会展现出他们乖巧的一面，导演们可不会承认他们内心的恐惧，而这个时候，很少有编剧会出现在片场。当

---

[①] 乔治·罗伊·希尔（1921—2002），导演，曾凭借《骗中骗》获得1974年奥斯卡最佳导演奖，其他代表作包括《虎豹小霸王》《情定日落桥》。

我被迫与敌人面对面时，我是不会说真话的。"哦，这是一次完美的拍摄，简直太梦幻了。""我不知道为什么有人会说某某某很难合作，跟他（她）合作可是很愉快的。"诸如此类。

回到刚才说的，温文尔雅地坐在角落里的那个人，是本人。当时我害怕得要命。那是我和演员在一起时一贯的状态，而距离我写下"疯崖"①，已经过去了快十五年。他们中的大多数人我都认识。有几个是听说过。但其中有两个人我之前完全不认识。

罗宾·莱特，我们的金凤花的扮演者，对所有人来说都是个新面孔，除了肥皂剧《圣塔巴巴拉》②的忠实观众。她是个加州姑娘，大概二十岁，没有什么大银幕表演的经验，也不是科班出身。她的角色起先是一个不谙世事、热恋中的农场少女，然后要变成一个看破红尘的高贵公主。除此之外，她还要用英式英语说话。（事实证明，她很会模仿口音。）还有一点也很重要，那就是她必须成为世界上最美丽的女子，当然那是一个个人品位的问题。倾城容颜并不是唯一的。但是，在伦敦的那个上午，看着罗宾，看着素颜的她

---

① 疯崖，《公主新娘》中的一处场景，此处用来代指《公主新娘》。

② 《圣塔巴巴拉》，1984年至1993年播出的一部美国电视剧。

坐在那儿，你真会觉得她是一个奇美的姑娘。我们开始让演员们对词，结束后，我的心理活动如下——

我觉得她会成为全球最闪耀的女星。

我的预言并没有成真。我跟她并不熟识，过去五年也就见过一次，我们没有什么共同的朋友。但我知道这是为什么。因为她并不想要这些。

要成为一个明星，没错，你得有天赋，我的上帝，你当然得有非常好的运气，但还有一点是不能欠缺的：欲望。你需要有想要成为明星的强烈欲望，生活中的其他一切都必须无足轻重。明星没有朋友，他们只有商业伙伴和奴隶。他们只能在银幕上装模作样地去爱。

不过他们能在Spago①坐到好位置，这倒不假。

如果这是你内心的渴望，而这正是许多人内心的渴望，那你必须摆脱一切可能阻挡你和好运气的个人障碍。我保证，当我看到你经过时，你会紧紧吸引住我的眼球。

莱特当时已经拍过几部电影，她的表演一直不错。但我想她的选择是，把表演当作一个副业，多花时间陪伴她的家人。在《阿甘正传》以前，她从来没有接过大的商业片。不过她曾经差点接过一部。她曾经有机会在《罗宾汉》②中与

---

① Spago，比弗利山庄的高档餐厅，1982年开业。
② 《罗宾汉》，指1991年的美国电影《侠盗王子罗宾汉》。

凯文·科斯特纳①对戏。但后来她因为怀孕生子放弃了这个机会。

我记得，当我看到这个消息时，我心想：芭芭拉·史翠珊②可不会挑这种时间怀孕……

那天上午另一个陌生的名字，是安德雷·雷内·鲁西莫夫。事实上，确切地来说，我们对他都不陌生，他只是一个新人演员，因为作为巨人安德雷，他可是全球最有名的摔跤手。我此前就非常肯定地告诉自己，如果这本小说被搬上银幕，那费兹克，这个世界上最强壮的男人，应该让他来演。我是安德雷的疯狂粉丝，经常会去花园③看他娱乐观众。

安德雷总是很平静。每当他走进一个房间，他都会给自己挑选一个角落的位置。他拥有一颗善良而伟大的心，我想他对人类每次看到他的奇怪反应一定深感厌倦。他们不是马上就喜欢上他（就像我们在场的所有人一样），就是惊慌失措。

安德雷是法国人，他的低音重炮相当惊人，所以有时

---

① 凯文·科斯特纳（1955— ），美国演员、导演，导演作品《与狼共舞》曾获得1991年奥斯卡最佳影片奖，其他出演的代表作包括《未来水世界》《保镖》《刺杀肯尼迪》。

② 芭芭拉·史翠珊（1942— ），美国歌手、演员、导演，曾凭借《滑稽女郎》获得1968年奥斯卡最佳女主角奖，其他代表作包括《往日情怀》。

③ 花园，指纽约地标麦迪逊广场花园。

候他的话不是特别容易理解。莱纳给了安德雷一盒磁带，上面录的是他的角色的台词。这些台词是莱纳自己念的，他本人是一个出色的演员。他希望安德雷能够花些时间把自己的台词记住。他做到了。不过那天早上他对词的表现，说句实话，有点像在死记硬背。

那天，演员们对完一遍词之后，莱纳挑出了几场戏，让演员进行排练。有一场戏是安德雷和加利比武。他俩站在我们前面对词，当时房间里很凉快，但安德雷开始浑身冒汗。我在这里说的可不是什么普通的现象。当时我们非常惊讶地发现安德雷的上衣一下子就湿透了。我们一直看着他。没过多久，他的衣服就干了。又过了一小会儿，你发现它又湿透了。这就是巨人与普通人体质的差异。安德雷的汗没有异味。只是，整个过程成了当天的一部分："哦，安德雷又湿透了。"

上午的排练结束之后，大家一起去吃午饭，那是一个美妙的午后，我们找到了一家有露天座位的小餐厅。一切都很完美，只是那些椅子对安德雷来说实在是太小了——椅子的宽度只能坐下普通体型的人，扶手之间的距离非常近。当时餐厅室内有张桌子旁边有长凳，有人建议我们去那儿坐。但安德雷不愿意，所以我们还是在外面坐下了。时至今日，我的眼前都能浮现出当时的情景：安德雷拼命把椅子的扶手掰开，把自己硬塞进去，然后眼睁睁地看着扶手在一顿饭的过程中慢慢恢复原状，把他死死地卡在座位上。他没吃多少东西。餐具在他硕大的手中，好像小孩的玩具。

午饭后，我们继续排练。安德雷下午的搭档是伊尼戈的扮演者曼迪·帕廷金。其中一场戏，曼迪试图从安德雷口中获取一些信息，而安德雷的语速很慢，曼迪就试图让安德雷加快速度。安德雷依然用他缓慢的、死记硬背式的语速背着台词。他们重新排练了一遍，曼迪再次要求安德雷加快语速——安德雷的回应还是一成不变。

接着，曼迪喊道，"快点儿，费兹克"，然后扇了安德雷一巴掌。

我至今依然记得当时安德雷瞪大了眼睛的神情。我想他在摔跤场下应该还没被人揍过。他看着曼迪，一切发生得很突然，所有人都愣了几秒钟。

接着安德雷开口了，他的语速加快了。他经受住了考验，投入了更多的节奏和精力，你几乎可以看到他心里在说："哦，你在摔跤场下应该是这个样子，让我们试试看。"说真的，他生命中最快乐的一段时期从那时开始了。

这也是我个人最愉快的一次拍摄经历。我几乎从来不去片场，主要是因为觉得太无聊。而拍摄《公主新娘》那段时间，我和制片人安迪·沙因曼经常会在上午到达片场，待上一整天。这部影片也不可避免地受到了天气、经费和自尊心的负面影响——所有电影的拍摄都会受困于天气、经费和自尊心——但除此以外,拍摄的过程非常顺利。后期制作遭遇了一些困难,而这也正是整个项目一直以来难产的原因,那么多有天赋的人想要拍这部电影却最终失败的原因——这部电影到底是什么?是喜剧吗?没错。是动作片吗?也没错。讽刺喜剧?我可不太写讽刺喜剧,但有很多人认为这部电影是讽刺喜剧。爱情片?绝对的。

我们当时面临一个危险的局面——因为如果一部电影融合了几种类型,就有危险。我记得《虎豹小霸王》的初版试映后的当晚,乔治·希尔给我打了一个电话,当时他颇为不安。是因为观众的反响不佳吗?恰恰相反。他们很喜欢那部电影——他们觉得它太搞笑了。但乔治认为自己必须做好平衡,因为如果搞笑的成分太多,片尾的枪战就不能够感人。但如果太严肃,搞笑的部分又会显得突兀。于是第二天早上他又把整部电影过了一遍,剪掉了一些搞笑的片段,直到达到平衡为止。

莱纳也经历了一场平衡之战,而最终,和希尔一样,他也获得了胜利。我们开始试映后,观众的反响非常好。试映的得分非常高,是当年的最高分之一。太棒了。我们简直要高兴地飞起来了。我们感觉良好是应该的。

一位著名导演曾经对我说:"人们通常把电影分为三个部分:筹备、拍摄和后期制作。但这是错的。其实只有两个部分:制作和销售。"我觉得他可能没说错。

当时公司并不知道怎样去推销我们的这部电影。(我这么说没有指责的意图。当然这会伤到某些人,但当时所有人都参与了影片的制作。)这部电影究竟是什么?他们始终没能搞清楚。作为一个非常重要的推销工具,我们的预告片让人一头雾水,后来从电影院撤下了,这种事儿我当时还是头一回听说。广告改了又改。我们没有任何推销的点,没有明星。原著小说虽然成功,但也仅是在小众范围,跟金[1]和格里森姆[2]可不是一个级别。

我们的电影上映后,获得了一定的成功。用棒球的术语来说,这叫作"二垒安打"。(放在今天,票房过亿才能算得上是"本垒打"。不过,你们的下一代在他们的有生之年将会看到,有一天这个数字会意味着一部影片的失败。)看过《公主新娘》的观众都很喜欢这部电影,只是它当时没能吸引太多的观众走进电影院。录像带发行之后,我们收获了

---

[1] 斯蒂芬·金(1947— ),美国畅销恐怖小说作家,《闪灵》《肖申克的救赎》等多部作品曾被改编为电影。
[2] 约翰·格里森姆(1955— ),美国畅销犯罪小说作家,《杀戮时刻》《造雨人》等多部作品曾被改编为电影。

口碑，尽管没能在电影院获得应有的成功，还是最终赢来了迟到的褒赏。

我经历了一场艰难的等待，十五年的等待。我在20世纪70年代初就开始为我的女儿们写这个故事。现在，你们的孩子终于能看到这部电影。当说到这些时，我不禁会在心里微笑。

1993年初，安德雷去世了。电影拍完之后我应该只见过他一面。但听说这个消息时，我非常难过。我跟罗伯、安迪和比利·克里斯托①谈起这件事儿时，他们也跟我一样难过。我们聊起安德雷的往事，这能让我们感觉好些。当时我们很震惊，但这并不那么出人意料。安德雷在电影拍完后快要年满四十，他当时已经知道死亡正在临近。当我听说他的死讯时，我写下了下面这些话。

## 重量级人物的安魂曲

巴黎，1月30日（美联社消息）——法国职业摔跤运动员安德雷·雷内·鲁西莫夫，绰号巨人安德雷，于本周不幸去世，享年46岁。死因初步断定为心脏病发作。

---

① 比利·克里斯托（1948— ），美国喜剧演员，参演了《公主新娘》。

他曾经是个英俊的青年。我记得他给我看过一张他和几个朋友在海边拍的照片。他肤色黝黑，容貌俊俏，看起来大约17岁的样子。当然，照片上他的个头就已经很大——他说当时他身高6.8尺，体重275磅[①]——但那是在他的身体出现问题之前。肢端肥大症。随着荷尔蒙分泌的增加，身体机能出现紊乱。当时他白天帮人搬运家具，晚上学习摔跤，睡眠严重不足。

25岁的时候他的体型达到了个人顶峰，但我觉得他可能从来都不清楚自己的个头究竟有多大。当他扮演《公主新娘》中那个喜欢押韵的费兹克时，我在英格兰和他见了面。那是1986年的夏天，根据官方资料，安德雷身高7.5尺，体重550磅[②]。这个数字应该接近实际。他当时唯一清楚的是，前阵子他得了肺炎，住院三周，掉了100磅。

46岁去世的他，是我到过的所有片场最受欢迎的一个人。

他非常强壮。一次我跟一个在墨西哥拍片的演员聊天。他告诉我，关于安德雷有件事儿你得知道，如果他约你吃饭，他会付钱，如果是你邀请他，他也会付钱。这个演员被安德雷请了好几次客，后来他又约安德雷一起吃饭，快要吃

---

[①] 6.8尺约合2.032米，275磅约合125公斤。
[②] 7.5尺约合2.5米，550磅约合250公斤。

完时，他偷偷溜到后厨，想把自己的信用卡给老板。他刚准备付钱，就感觉自己被人提了起来。要知道，那个被人提起来的家伙可是阿诺·施瓦辛格。他当时回忆道："他把我提起来，把我的脸面向他，对我说'我来付钱'。然后他把我扛回餐桌，像放一个小孩那样把我放在椅子上。哦，安德雷可真的很强壮。"

如果阿诺·施瓦辛格告诉我某人很强壮，那我可不用怀疑。

有一次，安德雷请施瓦辛格去墨西哥看他的摔跤比赛，当时他在两万五千名尖叫的粉丝面前表演。当他搞定对手之后，他示意施瓦辛格上场。

于是，施瓦辛格在一片喧嚣之中爬上了摔跤场。安德雷对他说："把衣服脱了，他们都想看你脱掉。我懂西班牙语。"施瓦辛格非常尴尬，但他还是照做了。他脱掉了外套、上衣和内衣，摆了几个造型。然后安德雷回到了更衣室，施瓦辛格回到了几个朋友身边。

其实那只是一个恶作剧。谁知道那群观众当时喊的是什么，但肯定不是让施瓦辛格脱衣服摆造型。"根本没人想看我脱衣服，但我当时就是脑袋一热，被忽悠了。安德雷就是有忽悠你的能耐。"

安德雷从来都不知道人们看到他会是什么反应。有时候不管是大人还是孩子,看到他都会觉得害怕。有时候孩子看到他会兴奋地尖叫,在他身上爬上爬下,好像他们得到了一个世界上最棒的玩具。这时候他会坐下,一动不动,任由孩子们在自己身上玩耍。有时候他会伸出一只手,手心向上,孩子们会坐在上面,而且巴不得能一直坐下去。

安德雷从来不会说摔跤不是一个非常正当的项目。他摔了二十年跤,每年要对付三百多个对手,他唯一承认过的一件事儿,是他不喜欢和一个有嗑药嫌疑的选手对抗。在他的鼎盛时期,250磅、300磅的对手会从摔跤场围栏的制高点重重地扑到他身上,而他总是稳稳地擒住对手,屹立不倒。

然而七年前,他的身体开始承受不住了。《公主新娘》的片尾有一个镜头,罗宾·莱特从城堡的窗口跳下,而安德雷会在楼下把她接住。

拍摄这个镜头的时候,罗宾实际上只是从一英尺[①]、两英尺的地方跳到安德雷的怀里。这个高度不算高,罗宾的体重也很轻。

拍第一遍时,她落下,他接住她,这个动作让他大口喘着粗气,忽然间他脸色煞白,几乎跪倒在了地上。当时他的背有伤。他的背伤越来越糟糕,马上就要动手术。

---

① 1英尺=0.345米。

安德雷曾经跟比利·克里斯托说过这么一句话:"我们活不长的,无论身材大小。"

唉。

## 演员表

| | | |
|---|---|---|
| 加利·艾尔维斯 | 饰 | 韦斯利 |
| 罗宾·莱特 | 饰 | 金凤花 |
| 曼迪·帕廷金 | 饰 | 伊尼戈 |
| 克里斯·萨兰登 | 饰 | 亨珀丁克王子 |
| 克里斯托弗·盖斯特 | 饰 | 鲁根伯爵 |
| 华莱士·肖恩 | 饰 | 维兹尼 |
| 巨人安德雷 | 饰 | 费兹克 |
| 弗莱德·萨维奇 | 饰 | 男孩 |
| 彼得·法尔克 | 饰 | 爷爷 |
| 彼得·库克 | 饰 | 威严的牧师 |
| 卡罗尔·凯恩 | 饰 | 瓦莱丽 |
| 梅尔·史密斯 | 饰 | 白化病男子 |
| 比利·克里斯托 | 饰 | 神奇的麦克斯 |

**淡入**

一个电脑屏幕上的游戏画面。

游戏正在进行。我们听见了一阵咳嗽声——

**切入**

咳嗽的男孩

他躺在床上一阵咳嗽。他脸色苍白,这个小家伙病了。他看上去七八岁、八九岁的样子。他按下手中的遥控器,游戏画面动了一动。接着又是一阵咳嗽,他放下了遥控器。

男孩的房间色调单一,以灰和蓝为主,看上去还挺高科技。我们现在身处当代,这是一个市郊的中产家庭。

**切入**

男孩的母亲走进房间,来到儿子床边拍了拍他的枕头,亲了他一口,然后摸了摸他的前额。她有点担心,但是没有表现出来。在这一连串动作的过程中——

母亲_ 感觉好点儿了没?

**男孩** 好点儿了。

**母亲** 猜猜谁来看你了?

**男孩** 谁?

**母亲** 你爷爷。

**男孩(并不激动)** 妈妈,你就不能跟他说我病了吗?

**母亲** 没错,你是病了,所以爷爷才看你来了。

**男孩** 他又该捏我的脸了,我讨厌他捏我的脸。

**母亲** 不一定每次都会这样嘛。

男孩给母亲使了个眼色,好像在说"我敢打赌"——

## 切入

男孩的爷爷冲进房间。他看上去有点蓬头垢面,但是精神矍铄。他的一只胳膊下面夹着一个包裹。他快步走到孙子跟前,捏了捏他的小脸蛋。

**爷爷** 嘿!咱们的小病号怎么样啦?啊?

男孩又给母亲使了个眼色,好像在说"瞧,我就说吧"。母亲假装没看到。

**母亲** 那你们祖孙俩好好玩吧。

她走出了房间。一阵不自在的沉默之后——

**爷爷** 我给你带来了一个特别的礼物。

**男孩**_ 什么礼物?

**爷爷**_ 打开看看。

男孩打开了礼物。他勉强挤出一个微笑。

**男孩**_ 为什么是书?

**爷爷**_ 我像你这么大的时候,电视就是我们的书。这本书很特别。我小时候生病的时候,我爸爸会给我念这本书,你爸爸小时候我还给他念过呢。今天,我来给你念念。

**男孩**_ 里面有刺激的内容吗?

## 切入

爷爷瞬间充满激情。

**爷爷**_ 什么都有。比剑、打架、折磨、复仇、巨人、怪物、追逐、逃亡、真爱、奇迹……

## 切入

男孩和爷爷,爷爷坐在床边的一把椅子上。

**男孩(耸耸肩)**_ 听着还凑合,给我讲讲吧,我尽量不打瞌睡。

**爷爷**_ 哦,那真是太谢谢你了。真是个好孩子。你对爷爷的信任真让爷爷感动。好吧。

现在他打开书开始念起来。

《公主新娘》,作者,西蒙·摩根斯特恩。第一章。

在遥远的弗罗林国,一个叫作金凤花的女孩从小在一个农场长大。

## 叠入

卧室单一的色调被英国乡村的美景取代,爷爷念的这个故事展现在了观众眼前。

**爷爷**(从镜头以外)_ 她最爱做两件事儿打发时间,一个是骑马,另一个是捉弄一个在她的农场干活的小伙子。他叫韦斯利,但她从不直呼其名。

(问孙子) 这个开头很棒吧?

**男孩**(从镜头以外)_ 嗯,我喜欢。

**爷爷**(从镜头以外)(继续念书)_ 对金凤花来说,没有什么比使唤韦斯利干这干那更有趣的事儿了。

## 切入

金凤花的农场。时间是白天。

金凤花站在她的马边,手里拉着缰绳,在她身后,韦斯利站在马厩门口望着她的背影。

金凤花十八九岁的样子,她穿着随便,也懒得梳理她的长发,因此也许她并没有迷人到不可方物。但即使如此,她大概也是这世上最美丽的女子了。

**金凤花**_ 农场小子,给我擦擦马鞍,明天早上我要它跟镜子一样透明。

**韦斯利(望着她轻声回答)**_ 遵您所愿。

韦斯利比金凤花大个五六岁。也许她有多美丽,他就有多英俊。他凝视着金凤花走远的背影。

**爷爷(从镜头以外)**_ "遵您所愿"是他唯一开口对她说过的四个字。

## 叠人

韦斯利在农场劈柴。金凤花来到他身边,放下两个水桶。

**金凤花**_ 农场小子,装满两桶水——
**(稍作停顿)** ——好吗?

**韦斯利**_ 遵您所愿。

她离开了,他的目光紧随着她。她停下脚步,回过头——他赶紧收回目光,望向别处,现在她开始注视起他来。

**爷爷（从镜头以外）** 那天，她发现了一件美妙的事：每次当他说"遵您所愿"时，他的意思其实是，"我爱你"。

**叠入**
金凤花在厨房里。时间是黄昏。
韦斯利捧着一堆柴火走了进来。

**爷爷（从镜头以外）** 更为美妙的是，有一天她发现，自己也深爱着他。

**金凤花（指向一个自己能够到的水罐）** 农场小子，帮我拿一下那个水罐。

他拿到水罐，递给她，他们近距离地相互对视。

**韦斯利** 遵您所愿。（现在他转过身向外走去。）

**叠入**
在日落染红的天空下，韦斯利和金凤花站在他的小屋外。他们热烈地拥抱、亲吻。

**男孩（从镜头以外）** 等等，等等！

**切入**

男孩的房间。

**男孩**_ 这都是些什么啊？您耍我的吧？哪儿有刺激的内容？这本书讲的只有亲嘴吗？

**爷爷**_ 耐心点儿,你得往下听。

**男孩**_ 那什么时候来刺激的啊?

**爷爷**_ 别着急,听我继续念。

（**继续念书**） 韦斯利没钱结婚。于是他打点行装,离开农场,远渡重洋去寻找财富。

**切入**

韦斯利和金凤花。

他们站在农场的大门边紧紧拥抱。

**爷爷（从镜头以外）（继续念书）**_ 金凤花感到恋恋不舍——

**男孩（从镜头以外）（抱怨着）**_ 什么破故事。

**金凤花**_ 我害怕以后再也见不到你了。

**韦斯利**_ 那不可能。

**金凤花**_ 万一你遇到意外了呢?

**韦斯利**_ 听着:我会回来找你的。

**金凤花**_ 但你怎么能确定?

**韦斯利**_ 这是真爱。你以为这是什么稀松平常的事儿吗?

他向她微笑,她也笑了,用双手紧紧勾住他的脖子。他们接吻。然后韦斯利离开了,金凤花望着他远去的背影。

**爷爷(从镜头以外)(继续念书)**_ 韦斯利没能到达终点。他坐的船遭遇了恶海盗罗伯茨的袭击,他从不留活口。当金凤花听说韦斯利遇害的消息时——

**男孩(从镜头以外)(有点儿来劲了)**_ 海盗袭击,这不错。

### 切入、特写

金凤花从房间的窗户向外望去。

**爷爷(从镜头以外)**_ 她把自己关在房间里,好几天不吃不睡。

**金凤花(声音毫无感情)**_ 我再也不会爱了。

镜头固定在她的脸上,那是一张悲伤至极的脸。

**叠入**

弗洛林城堡。时间是白天。

城里的主广场挤满了人和牲畜,集市异常繁忙。

**爷爷**(从镜头以外)(继续念书)_ 五年后,弗洛林城的主广场人声鼎沸,盛况空前,人们前来一睹亨珀丁克王子的准新娘的芳容。

**切入**

仪表堂堂、拥有至高权力的亨珀丁克王子身穿皇袍,站在城堡的阳台上。他身后有三个人:头戴皇冠的一对老夫妻,也就是日渐衰老的国王和皇后,以及一个留着深色胡须的男人,看起来他的地位和王子平起平坐:此人是鲁根伯爵。

**亨珀丁克**(举起双手,开始发言)_ 我的子民们……一个月后,我们将会迎来建国五百周年的纪念日。在那一天的日落时分,我将会迎娶一位女士,她曾经也是一位平民,是你们中的一员。

(**稍作停顿**)但是,也许现在你们不会觉得她只是个普通人了。你们想见见她吗?

人群爆发出的欢呼声响彻云霄。

**切入**

一段延伸至人群中的巨大台阶，一个身影出现了，

**切入**

人们看见了这个身影。（我们还没有。）所有人都屏住了呼吸。

**切入**

台阶，这个身影出现在拱廊下。那是金凤花。她光彩照人。

**亨珀丁克_** 子民们……这是你们的公主金凤花！！
她走下台阶，在人群中缓缓向前走。

**切入**

人群做出了一个非常怪异的举动：忽然间，他们开始自觉地双膝跪地。一拨又一拨的人纷纷跪下——

**切入**

金凤花无比感动。她在臣民中间静静站立，泪光闪烁。镜头在她的芳容上稍作停顿。

**爷爷（从镜头以外）**_ 金凤花的内心已被空虚吞噬。虽然亨珀丁克即将成为她的合法丈夫，但她并不爱他。

**切入**

一片森林

——金凤花策马奔腾，骑马对她来说十分轻松。

**爷爷（从镜头以外）**_ 亨珀丁克相信金凤花最终会爱上自己，但唯一让她感到快乐的，是每天骑马的时光。

**切入**

一片森林幽谷，临近日落时分。

这里美丽、宁静，好像一片世外桃源。金凤花忽然勒住了缰绳。

**一个声音**_ 公主殿下，能允许我们问个话吗？

**切入**

三个男人并肩站在路上。他们身后可以看到弗洛林海峡。这三个人看起来可不像普通的路人。站在最前面的是一个慈眉善目的小个子，他是西西里人，名叫维兹尼。他旁边站着一个西班牙人，他身材高大，像钢铁般健硕，他叫伊尼戈·蒙托亚。他的旁边还站着一个巨人，他名叫费兹克。

**维兹尼**　我们来自一个马戏团，不幸在这儿迷了路。这附近有村子吗？

**金凤花**　这儿方圆几英里内什么都没有。

**维兹尼**　那就没人能听到您尖叫了——

他向一边的巨人费兹克点点头，巨人伸出手按下了金凤花脖子上的一根神经，她发出了一声短促的尖叫后就晕了过去。她倒下了——

**切入**

弗洛林海峡边缘一小片荒凉的区域。

一艘帆船停在岸边。现在是黄昏，几个人的影子很长。

西班牙人伊尼戈忙着把船准备好。

**切入**

巨人费兹克把不省人事的金凤花抱上船。

维兹尼从一件军装上扯下几片碎布，塞在金凤花刚才骑的那匹马的马鞍上。这整个行动都像是经过了精心的策划。

**伊尼戈**_ 你在扯什么?

**维兹尼(没有停手,也没有回头)**_ 是盖尔德一件军官制服上的一块布料。

**费兹克**_ 盖尔德是谁?

**维兹尼(伸出手向前指去)**_ 是海对面的那个国家,弗洛林的敌国。

(拍了一下马屁股) 走吧!

马跑远了。几个人开始登船。

**维兹尼**_ 等这匹马到了城堡,王子看到这块布料,会以为是盖尔德人绑架了他的公主。等他在盖尔德的领土上找到她的尸体,他就会完全确定了。

**费兹克**_ 你可没说过我们还要杀人啊。

维兹尼跳上船。

**维兹尼**_ 我雇你来是帮我挑起一场战争的,这可是拥有光荣传统的一项伟大事业。

**费兹克**_ 我觉得杀死一个无辜女孩,这么干不对。

**维兹尼(训斥道)**_ 是我产生幻觉了,还是你真说了"觉得"这两个字?我雇的可不是你的脑子,大块头先生。

**伊尼戈**_ 我觉得费兹克说的没错。

**切入、特写**

维兹尼一脸恼火。

**维兹尼（开始恼羞成怒）**_ 哦，酒鬼也发话了。我对她做什么可不关你们的事儿。我会把她杀了的。

（音量更大了） 还有，你们给我记住，可别忘了——

**切入**

维兹尼向伊尼戈和费兹克步步逼近。伊尼戈面无表情，但费兹克却满脸恐惧。

**维兹尼（对伊尼戈说）**_ ——我找到你的时候，你醉得连白兰地都买不了。（现在他转向费兹克，后者被他步步逼退。）还有你，没有朋友、没有脑子、无可救药的大块头，你想让我把你送回格陵兰岛，继续当你的无业游民吗？

维兹尼狠狠瞪了他几秒钟，然后转过身走远了。

伊尼戈走到被刚才那些话吓得不轻的费兹克身边。

**伊尼戈（轻声说）**_ 这个维兹尼，还真能发牢骚。（重音落在最后一个词上。）

**费兹克（看着伊尼戈说）**_ 发牢骚……发牢骚……（忽然间他也开始把重音落在最后一个词上。）我看他挺喜欢冲我们大喊大叫。

**伊尼戈**_ 可能他没什么恶意。

**费兹克**_ 可他实在也没啥魅力。

**伊尼戈（崇拜地）**_ 啊，你可真会押韵。

**费兹克**_ 这可是我的天分。（他笑了。）

**维兹尼（训斥道）**_ 你们真是够了！

帆船起航远去，我们听见三人的对话。

**伊尼戈**_ 费兹克，前方有没有石块？

**费兹克**_ 要是有，那我们准得掉脑袋。

**维兹尼**_ 别再玩押韵了，给我住嘴！

**费兹克**_ 有人想要花生当零嘴吗？

维兹尼气得大叫——

## 叠入

帆船在夜色中全速前进。

伊尼戈负责掌舵，费兹克站在公主身边——她的眼皮似动非动。维兹尼静坐着。海浪越来越高，唯一的光线是从云层的缝隙间照射下来的微弱月光。

**维兹尼（对伊尼戈说）**_ 天亮前我们就能到悬崖了。

伊尼戈点点头，回头看了一眼。

**维兹尼**_ 你干吗回头看?

**伊尼戈**_ 我看看有没有人跟着我们。

**维兹尼**_ 那简直不可思议。

**金凤花**_ 你们不会得逞的,你们会被抓起来。到了那时候,王子会下令把你们三个都吊死。

维兹尼冷冷地看了公主一眼。

**维兹尼**_ 公主殿下,这船上的四条人命,我看您还是担心您自己的吧。

伊尼戈不停地望着他们的身后。

**维兹尼**_ 别看了。我们就快到了,后面不会有人的。

**伊尼戈**_ 你肯定我们没被跟踪?

**维兹尼**_ 我跟你说了,这绝对、完全、怎么着都不可思议。盖尔德没人知道我们做了啥。弗洛林没人能这么快就跟上我们。不过我很好奇,你干吗这么问我?

**伊尼戈**_ 没什么。就是刚才我无意间往后头扫了一眼,好像看见了什么。

**维兹尼**_ 你说什么?

忽然间,三人都转过身往后望去——

**切入**

他们身后的一片黑暗。能见度很低,月亮已经躲入了云层。风呼呼作响。海浪继续翻滚。忽然间有一种不祥的预感。

**切入**

伊尼戈、费兹克和维兹尼眯缝着眼，试图看清远方有没有什么东西。此刻，他们都屏住了呼吸。

**切入**

他们身后的那片黑暗。还是什么都看不见。还是那种不祥的预感。现在还有了种诡异的感觉。

然后——

一束月光射了下来——

伊尼戈说得没错——远处是有什么东西。那是一艘黑色的帆船。帆布正饱满地鼓起。一片黑色。这艘船现在离他们还很远，但它的速度非常之快，正在渐渐赶上来。

**切入**

伊尼戈、费兹克和维兹尼看着那艘船。

**维兹尼（试图把刚才的话说圆了）**_ 可能是附近的渔民晚上来这儿捕点儿鳗鱼。

现在，他们的船上发出了一个声音，三人转过身——

**切入**

金凤花跳入水中，往外游去。

**切入**

维兹尼在船上大叫。

**维兹尼**_ 下去，把她抓回来！
**伊尼戈**_ 我可不会游泳。
**费兹克**（主动回答）_ 我只会狗爬。
**维兹尼**_ 把船往左开，往左，往左！

**切入**

金凤花还在船的附近，刚才拼命扑腾着水的她现在开始蛙泳。风力渐渐变小，此时我们听见了一个新的声音：不远处传来了刺耳的嘶叫声。金凤花忽然停了下来，开始原地踩水。

**切入**

帆船。

**维兹尼**_ 公主殿下,您知道那是什么声音吗?那是鳗鱼在尖叫。如果您不信,您就等等看吧。它们要吃人肉前总是越叫越响。

**切入**

金凤花还在离船不远处踩着水。嘶叫声越来越大,也越来越恐怖。金凤花保持沉默。

**切入**

帆船。

**维兹尼**_ 如果您现在往回游,我跟您保证我们绝不伤害您。我看鳗鱼可不会这么好商量。

**切入**

金凤花,她很勇敢。嘶叫声现在更大了,但她还是一声不吭。现在,在她的身后,有一个巨大的黑影滑过。

她很害怕,当然,她非常害怕,这种情况下谁不会呢,但她依然没有吭声——

——现在,一条嘶叫着的鳗鱼向她全速冲来——

——她看见了它,就在不远处,它绕着圈,向她逼近——

——金凤花一动不动,她试图保持完全静止——

——鳗鱼越游越近了——

——金凤花意识到,她没救了,一切都快结束了——

——现在,鳗鱼张开血盆大口,发出的声音前所未有的恐怖,它的牙就快咬下来了——

**爷爷**(从镜头以外)_ 这次她逃过了一劫。

**切入**

男孩的房间。

男孩看上去还是苍白、虚弱,但是他攥着被子的小拳头似乎太紧了些。

**男孩**_ 什么?

**爷爷**_ 她没被鳗鱼吃掉。我看你很紧张,所以跟你解释一下。

**男孩**_ 紧张?我可没有。

爷爷什么都没说,等着孙子再次开口。

**男孩**_ 可能,我就是有点儿担心,那跟紧张可不是一回事儿。

**爷爷**_ 你要是不愿意听了,我就不念了。

**男孩**_ 不,您可以再念一点儿……您要愿意的话。

爷爷重新拿起书,男孩再次攥紧床单。

**爷爷(继续念书)**_ "公主殿下,您知道那是什么声音吗?"

## 切入

维兹尼。我们现在又回到了船上。

**维兹尼**_ 那是鳗鱼在尖叫。

**男孩(从镜头以外)**_ 这您已经念过了,爷爷。

## 切入

男孩的房间。

**男孩**_ 您刚才念过了。

**爷爷**_ 哦,老天,还真是。对不起啊,爷爷错了。

## 切入

金凤花踩着水。

**爷爷（从镜头以外）** 好吧，好吧，我看看……她在水里，鳗鱼追着她。她很害怕。眼看鳗鱼就要吃掉她了。然后——

我们重新回到了之前那个镜头，金凤花在水里一动不动，嘶叫的鳗鱼张开血盆大口——

**切入**

一只巨大的胳膊一拳打晕了鳗鱼，然后轻松地抓起了金凤花。

**镜头拉远**

船上的费兹克把金凤花放在了甲板上。

**维兹尼** 把她放下，把她放下就行。

**切入**

伊尼戈伸出手，指向他们身后。

**伊尼戈** 我觉得他离我们越来越近了。

维兹尼把金凤花的手绑了起来。

**维兹尼** 我们不用去管他。继续开！

（对金凤花说） 我看你觉得自己很勇敢，是吧？

**金凤花**（狠狠瞪着他）_ 跟某些人比而已。

**叠入**

黎明时分，维兹尼的船被身后的黑船紧紧追赶，我们头一次看清开船的是一个一身黑衣的男子，他的船好像在飞一样。

**伊尼戈**_ 看！他就快追上来了。他那儿吹的风是不是跟咱们不一样啊。

**维兹尼**_ 管他是谁，他来晚了。

（指向前方） 看见了吗？（前方是一个壮观的物体。）疯崖。

**切入**

黎明时分的疯崖。

这面峭壁拔水而起，高耸入云。

**切入**

两艘船一前一后向悬崖驶近，像是在进行一场疯狂的比赛，黑衣男子的速度快得惊人，但前面的船领先太多，伊尼戈离悬崖越来越近——

**切入**

被紧追不舍的船。

**维兹尼** 赶快,拉那根绳!嗯……另外那根。快拉!
(回头看) 我们安全了,我们的路线只有费兹克能搞定。这位仁兄光是找地方靠岸就得花上好几个小时。

几个人忙活开来,他们的动作熟练而麻利。费兹克来到崖壁面前,抓住一块突出的岩石。忽然间他手中出现了一根粗麻绳。他向船的方向后退几步,然后把绳子往高处甩——

**切入**

崖壁。麻绳被甩上了崖顶。

**切入**

伊尼戈迅速来到费兹克身边,给他绑上一副背带,然后把金凤花和维兹尼系在背带上。最后,他把自己也系了上去。三个人都像婴儿一样被绑在了费兹克身上。

费兹克开始爬绳,四人一同上升。

**切入**

黑衣男子向疯崖靠近,他看着费兹克在晨光下迅速爬升。

**切入**

悬崖顶端,往下看。

费兹克一行人的身影非常遥远。这是我们第一次看到这个令人头晕目眩的画面。

**切入**

费兹克继续攀爬。金凤花害怕得都快疯了。

**切入**

崖壁全景。费兹克继续往上爬着,现在他们已经爬过了三分之一的高度。

**切入**

黑衣男子从船上一跃而起,跳到了绳索上,也开始往上爬。他落后得太远了,但他好像是飞一样地在爬,两只手抓绳的速度好像闪电一样。

**切入**

维兹尼一行人。

**伊尼戈**（往下看）_ 他也在爬了。他离我们越来越近了。

**维兹尼**_ 不可思议!

他推了费兹克一把,后者点点头,加快了爬行的速度。

**切入**

黑衣男子继续疯狂地追赶——

**切入**

长镜头——崖壁

黑衣男子与费兹克之间的差距正在迅速缩短。

**切入**

维兹尼一行人。

**维兹尼**（尖叫道）_ 再快点儿!

**费兹克**_ 我觉得我已经加速了。

**维兹尼**_ 你可是传说中的巨人啊,竟然还比不过下面这位仁兄。

**费兹克**_ 但我可是背着三个人啊,他只有一个人。

**维兹尼**(**打断道**)_ 我不接受借口。

(摇着头)看来我得换个巨人了。

**费兹克**(**难过地**)_ 别那么说,维兹尼,求你了。

他的胳膊移动得越来越慢了。

**切入**

黑衣男子的速度依然未减。不但如此,他还爬得更快了。费兹克的领先优势越来越小。

**切入**

从悬崖顶端往下看。

费兹克可能还剩下至少一百英尺要爬。

**切入**

维兹尼一行人,他们眼看就要被赶上了。

**维兹尼**_ 你明白我的意思了吗?你的饭碗不保了!

**切入**

黑衣男子距离他们只剩不到一百英尺,差距还在缩短。

**切入**

悬崖顶端,费兹克终于爬上来了!

维兹尼从费兹克的身上跳下来,拿出一把刀,开始割系在一块大石头上的绳子。伊尼戈把公主抱下来,而费兹克则站在一边等待使唤。他们周围有一片石头废墟。也许它们曾经是个堡垒,现在则有点像巨石阵。

**切入**

黑衣男子现在距离顶端还有七十五英尺,也可能只有五十英尺了,他还在飞快地往上爬——

**切入**

维兹尼切断了绳索——

**切入**

绳索滑下了悬崖,好像一条大蟒蛇终于爬走了。

**切入**

费兹克、伊尼戈和金凤花一起站在悬崖边。

**费兹克（一脸赞叹地对伊尼戈说）_** 他的臂力可真不赖。

**切入**

黑衣男子此刻正抓着一块突出的岩石,身体悬在半空中,他努力不让自己掉下万丈深渊。

**切入**

维兹尼满脸震惊,他回头看了看其他人,然后又往下看去。

**维兹尼_** 他居然没掉下去?不可思议!!

**伊尼戈（轮到他来奚落维兹尼了）_** "不可思议"是你的口头禅吗?我觉得你有点用词不当。

**（再次往下看）** 上帝!他还在爬!

**切入**

黑衣男子的确仍在往上爬。他艰难地移动着,速度非常非常慢。

**切入**

悬崖顶端的一行人往下看着。

**维兹尼** _ 不管他是谁，显然他已经看到公主和我们在一起了，所以他只有死路一条。

（对费兹克说） 你，带她走。

（对伊尼戈说） 我们先去盖尔德。你留在这里，等他死了，追上我们。如果他摔下去，那再好不过，如果没有，那就用剑。

伊尼戈点点头。

**伊尼戈** _ 我想用左手与他决斗。

**维兹尼** _ 你知道我们得赶时间吧?

**伊尼戈** _ 用左手才能让我满意。如果用右手，那我会意犹未尽的。

**维兹尼（迅速转身，开始向镜头外走去）** _ 你爱怎样就怎样吧。

**切入**

黑衣男子依然在一点点往上爬。

**切入**

费兹克走向伊尼戈。

**费兹克_** 你要小心啊。
（**语气严肃地**） 戴面具的人不是什么好东西。
**维兹尼（大喊道）_** 我等着呢!
费兹克点点头,一路小跑去追赶维兹尼。

**切入**

伊尼戈看着三人离开,然后转过身,往悬崖下看去。他看了一会儿,然后起身来回踱步,甩甩手活动筋骨。接着他又比画了几下他那技艺精湛的剑法。他身材健硕,精神总是保持高度紧张,他可不习惯等着对手。

**切入**

黑衣男子继续爬着。他现在离悬崖顶端应该比刚才近了六英寸。伊尼戈看着他往上爬。

**切入**

伊尼戈起身走开。最终,他再次来到悬崖边,开始对黑衣男子说话。如果黑衣男子摔下去,他必死无疑,但两人都觉得那不太可能发生。这是两位勇士的会面。他们本人对此还不知情,但这是事实。

**伊尼戈(向下喊道)** 你好啊。

黑衣男子抬头往上看去,发出了类似呻吟的声音。

**伊尼戈** 爬得挺累的吧?

**黑衣男子** 听着,我无意冒犯,但这可没有您看上去那么轻松。所以希望您不要干扰我。

**伊尼戈** 真抱歉。

**黑衣男子** 谢谢。

伊尼戈离开悬崖边,又练了几招。没多久,他把剑插回鞘里,焦急地走到悬崖边往下看。

**伊尼戈** 我想,您大概一时半会儿上不来吧?

**黑衣男子(有些生气)** 如果您那么着急,我建议您帮忙找根绳子或者树枝,或者想想别的办法。

**伊尼戈** 可以啊。其实我这儿有绳子。但我想您可能不会接受我的帮助,因为我在这儿等着,为的就是杀了您。

**黑衣男子** 那确实为咱俩的友谊投下了一丝阴影。

他又往上挪了几英寸。

**伊尼戈** 但是我保证,您上来之前,我是绝不会乘人之危的。

**黑衣男子_** 那我就放心了。但恐怕您得等上一会儿了。

**伊尼戈_** 我不喜欢等着别人。我可以以一个西班牙人的名义向您发誓。

**黑衣男子_** 这就不太好办了,我认识的西班牙人太多。

他挂在半空中休息,重新积攒体力。

**伊尼戈_** 那我该说什么您才会相信我?

**黑衣男子_** 这我暂时想不到。

这时,镜头拉近,给了伊尼戈一个特写。他高高举起右手,双眼炯炯有神,开始用一种我们之前从未听到过的语调说话。

**伊尼戈_** 我用我父亲多明戈·蒙托亚的灵魂发誓,您会活着爬到悬崖顶端的。


**切入**

黑衣男子稍作停顿,然后轻轻地说了一句话。


**黑衣男子_** 来吧,给我绳子。


**切入**

伊尼戈跑向先前那块用来绑绳子的大岩石。

**切入**

黑衣男子的手松了一下,他试图抓住崖壁。

**切入**

伊尼戈拿着一小卷绳子跑回悬崖边,把绳子抛了下去——

**切入**

绳子来到了黑衣男子的眼前。他松开岩石,抓住绳子,在半空中无助地悬了几秒钟,然后抬头看伊尼戈——

**切入**

伊尼戈用力往上拉绳子,身体渐渐远离崖边——

**切入**

黑衣男子在清晨的阳光下缓慢而平稳地上升,马上就要来到悬崖顶端——

**切入**

伊尼戈看着黑衣男子安全地爬了上来,然后看着自己。

**黑衣男子**_  谢谢。

他拔出剑。

**伊尼戈**_ 等您恢复体力了再开始吧。

**黑衣男子**_ 再次感谢。

黑衣男子坐在先前绑着绳子的那块岩石上。他脱下皮靴,惊讶地发现从里面掉出了好几块大石头。黑衣男子戴着手套。伊尼戈看着它们。

**伊尼戈**_ 我没有刺探您隐私的意思,但是,您右手是不是碰巧有六根指头呢?

黑衣男子抬头看着伊尼戈——这个问题显然让他一头雾水。

**黑衣男子**_ 您都是这么跟人搭讪的吗?

**伊尼戈**_ 我父亲死在了一个六指人的手里。他是个伟大的铁匠,我父亲。六指人要求他打造一把特殊的剑,他答应了。为了造这把剑,他辛苦工作了一整年。

他把自己的剑递给黑衣男子。

**黑衣男子(把玩着这把剑,一脸赞叹)**_ 我还从没见过这么好的剑。


**切入、特写**

伊尼戈。事到如今,这段往事还是让他非常痛苦。

**伊尼戈**　六指人回去找父亲要剑,但只给他承诺的报酬的十分之一。父亲拒绝了。六指人二话不说就刺穿了他的心脏。我爱我的父亲,因此我自然向杀害他的凶手发起了决斗的挑战……我输了……六指人没有杀我,没拿走六指剑,但他也给我留下了这些。

他摸了摸自己的伤疤。

**切入**

黑衣男子抬头望着伊尼戈。

**黑衣男子**　当时您多大?

**伊尼戈**　那年我十一岁。长大后,我毕生钻研剑法。所以下次再遇到仇人,我不会输。我会来到六指人跟前对他说:"您好,我叫伊尼戈·蒙托亚。您杀了我的父亲。受死吧。"

**黑衣男子**　您除了练剑,什么都不干?

**伊尼戈**　与其说是钻研,不如说它已经成为我的一个追求。您瞧,我就是找不到他。已经二十年过去了。我开始失去信心了。我给维兹尼干活就是为了挣几个钱。复仇这行可挣不到什么钱。

**黑衣男子(递回那把伟大的剑,站起身)**　我希望有一天您会找到他。

**伊尼戈**_ 那您准备好了?

**黑衣男子**_ 无论如何,您已经非常仗义了。

**伊尼戈**_ 您人不错,我真不愿杀了您。

**黑衣男子(向后退了几步,拔出剑)**_ 您也一样,我真不想死。

**伊尼戈**_ 开始!

我们现在看到的是当代电影史上最伟大的两场比剑之一(另外一场稍后我们将会看到),从一开始,一切就与众不同。

因为两人之间有一定距离——我们看不到不可开交的肉搏场面。我们看到的是两位绅士、两位运动员,他们之间的距离远到几乎无法彼此伤害,但每次只要有一方稍稍发动进攻,另一方就会立马予以还击。这场决斗异常安静,两人开始展开周旋——

### 切入

六指剑攻向这儿,又攻向那儿——

### 切入

两人结束了小打小闹,开始真刀真枪地决斗。

两把剑相互交缠,一次,又一次,速度飞快,兵刃的触碰声几乎持续不断。伊尼戈步步逼近,黑衣男子后退到了一个石坡上。

**伊尼戈(惊喜地)**_ 您这招是博内蒂防御吧?

**黑衣男子**_ 我觉得它适合在这样的崎岖地面使用——

**伊尼戈**_ 那您一定料到了我会用卡波·费罗进攻——

他变换了剑法。

**黑衣男子(竭力应对)**_ 自然——(忽然再次变招)但我发现蒂博与卡波·费罗相克,您说呢?

黑衣男子现在来到了城堡废墟堆的边缘。无路可退的他跳到了沙地上。伊尼戈看着他。

**伊尼戈**_ 除非对手学过阿格里巴——

现在,伊尼戈以一个奥林匹克运动员般的优雅姿态飞身跳下废墟堆,在黑衣男子的头顶上干净利落地翻了个跟头,落地后面对着这位对手站定。

**伊尼戈**_ ——而我可是学过哦。

两人几乎是在崎岖的地面飞来窜去,谁都没有失去平衡,谁都没有跌跤一次。这场决斗的水准无与伦比,两人交替着占得主动,很显然,这不仅仅是两位运动员的对决,远远不止于此。这是两位传奇勇士之间的一场对决,双方的状态都很好。这是《红海盗》①中的伯特·兰卡斯特②与《罗宾汉》中的埃罗尔·弗林③之间的决斗。接着,两人的动作又开始加速,令人眼花缭乱——

**切入**

现在,伊尼戈已经来到了致命的疯崖边缘,离悬崖边越来越近。伊尼戈不断出剑、躲闪、佯攻,它们都挺奏效,但却好景不长,而黑衣男子渐渐掌握了局面,将伊尼戈不断逼退,他眼看就要命悬一线。

**伊尼戈(又惊又喜)** _ 你太棒了!

**黑衣男子** _ 谢谢夸奖。我可是下了不少功夫。

伊尼戈现在离悬崖边更近了,他继续被步步逼退。

**伊尼戈** _ 我承认,你比我厉害。

**黑衣男子** _ 那你为什么还在笑?

眼看就快败下阵来,伊尼戈却满脸带笑。

**伊尼戈** _ 因为有件事儿你不知道,我知道。

**黑衣男子** _ 什么事儿?

---

① 《红海盗》,1952年的美国动作片。
② 伯特·兰卡斯特(1913—1994),美国演员。
③ 埃罗尔·弗林(1909—1959),澳大利亚演员。

**伊尼戈**_ 其实我不是左撇子。

话音刚落,他把六指剑换到右手,这场对抗的天平开始改变倾斜的方向。


**切入**

黑衣男子一脸吃惊,他使尽浑身解数,试图把伊尼戈压制在悬崖边。但这是徒劳。他渐渐开始落在下风,接着节节败退。伊尼戈掌控了局面,黑衣男子陷入绝境。


**切入**

伊尼戈把六指剑挥舞得飞快,剑刃几乎很难看清,他加强了攻势,接着忽然又变换了招式。


**切入**

黑衣男子被逼上了一段石阶,石阶的高处像是一个炮台,他无力抵抗伊尼戈——伊尼戈势不可挡。黑衣男子疲于应付,用尽了所有的招数。但他失败了,一切都失败了。他奋力做了最后一搏,但那无济于事。


**黑衣男子**_ 你真厉害!
**伊尼戈**_ 毕竟练了二十年嘛。

现在，黑衣男子被推向了一根石柱，六指剑把他压得死死的。

**黑衣男子（大喊道）**_ 有件事儿我得跟你坦白。

**伊尼戈**_ 说。

**黑衣男子**_ 其实我也不是左撇子。

现在他把剑换到右手，终于，决斗又重回均势。

**切入**

伊尼戈惊奇地发现，自己正被步步逼下石阶。他一招接着一招，但结果都是一样的——黑衣男子似乎占了上风。还没等伊尼戈反应过来，手中的六指剑就被击落了。

伊尼戈后退几步，从台阶上纵身一跃，在空中抓住了一根悬挂在一扇拱门上的布满苔藓的横杠，随后做了一个空翻，落地，奔向他的剑——

**切入**

黑衣男子看着伊尼戈落地，接着把自己的剑随意一扔，剑稳稳地插在了地上。然后，黑衣男子模仿了伊尼戈刚才一连串的动作。事实上，并不能说是模仿，因为他完成得更出色。他飞身抓住横杠，像一个马戏团表演者那样转体一周，然后完成了一个难度系数为9.7的直体后空翻，稳稳落地。

**切入**

伊尼戈一脸敬畏。

**伊尼戈**_ 你是何方神圣?!
**黑衣男子**_ 泛泛之辈而已。
**伊尼戈**_ 我一定知道你的名字。
**黑衣男子**_ 那你可得做好失望的准备了。
**伊尼戈**_ 好吧。

**切入**

伊尼戈像闪电一般地迅速移动,猛地出剑,下杀手,往后闪身,所有这些动作几乎都是一步到位——

**切入**

黑衣男子闪身,防守,又一次猛地出剑,动作甚至比之前还要迅速,他再下一记杀手,但是——

**切入**

伊尼戈。对手的招数没有一个是他记不清的,这次他挡住了对方的进攻,接着又用六指剑展开进攻。

两人在崎岖的地面上难分胜负,伊尼戈的双脚好像一位杰出的即兴舞者那样优雅而迅速地移动着。

**切入**

六指剑被击飞,飞向空中——

**切入**

伊尼戈抓住了剑。他的眼中流露出了一丝绝望:他已经倾尽自己的所有,倾尽了一个男人的所有,他尝试了各种招式,使尽了浑身解数,但这些都不够。在他的脸上我们看到了他的内心想法:西班牙的伊尼戈·蒙托亚就要输了。

**切入**

黑衣男子开始走向最终的胜利,他成功地将对手的招数一一化解——

**切入**

六指剑从伊尼戈的手里飞出。他无助地站立了一秒钟。接着,他双膝跪地,垂下头,闭上眼。

**伊尼戈_** 给我来个痛快的。

**黑衣男子_** 我可是个怜香惜玉的人,我想你也是一样。但是，因为我也不想让你跟着我——

他用沉重的剑柄击向伊尼戈的脑袋。伊尼戈晕了过去。

**黑衣男子**_ 我对您心怀最高的敬意。

他抓起剑鞘，往公主离开的方向跑去——


### 切入、特写

维兹尼。


**维兹尼**_ 不可思议！


### 镜头拉远

维兹尼从一条狭窄的山间小路往下看，看到黑衣男子在奔跑。费兹克抱着公主站在一边。现在天已经完全亮了。


**维兹尼**_ 把她交给我。（他拽着金凤花往前走。）一会儿快点赶上我们。

**费兹克（开始紧张起来）**_ 我该怎么办？

**维兹尼**_ 把他干掉，用你的方法把他干掉。

**费兹克**_ 哦，好啊，我的方法。谢谢你，维兹尼。（稍作停顿）我的方法是什么？

## 切入

几块石头。

它们个头可不大。维兹尼指了指这几块石头。附近还有一块巨石。

**维兹尼**_ 从那些石头里面拿一块,躲到那块大石头后面,过几分钟,黑衣男就会顺着弯道跑过来的。等你一看到他的脑袋,就用石头砸他!

维兹尼拽着金凤花跑开了。

**费兹克(微微皱眉,轻声说)**_ 我的方法好像没什么体育精神啊。

他抓起了一块石头,慢慢走到了大石块后面——

## 叠入

黑衣男子顺着山间小道往上跑。前方是一个弯道。他看见弯道,放慢了脚步。然后他停下脚步,听听周围有什么动静。

确定没有声音后,他继续往前走,当他绕过弯道时——一个石块飞入镜头,撞碎在一块巨石上,这一切就发生在他眼前几英寸的地方。

**切入**

费兹克走到山路上。他捡起另一块石头,轻松地抓在手里。

**费兹克**_ 我是故意不打中您的。我从来不失手。

**黑衣男子**_ 我相信您。那现在咱们该怎么办?

**费兹克**_ 天意让咱们正面交锋。得有体育精神。不要花招,赤手空拳,拼技术。

**黑衣男子**_ 您的意思是,您放下您的石头,我扔了我的剑,咱俩像文明人那样拼个你死我活?

**费兹克(轻声说)**_ 我现在就能把你干掉。

他摆出扔石头的姿势,但黑衣男子摇摇头,扔掉剑和剑鞘,开始向巨人走去。

**黑衣男子**_ 坦白说,要是赤手空拳,您好像稍占上风。

**费兹克**_ 长得又大又壮又不是我的错。我还从来不锻炼身体呢。

他扔掉石块。

**切入**

两人站在山路上。黑衣男子可从来不是什么小虾米。但是与费兹克相比,他看起来格外渺小。

两人稍作停顿后,黑衣男子冲向费兹克的胸脯,向他的胃部重击几拳,狠狠地扭了扭他的一只胳膊,然后用精湛的技术和优雅的姿态给对手来了一个熊抱。总体而言,这些搏斗招式堪称滴水不漏。

费兹克毫发无损,一动不动,好像站在那里看风景。终于,黑衣男子放开了费兹克,抬头望着巨人。


**黑衣男子**_ 瞧瞧,您这是在耍我吧?

**费兹克**_ 我就是想让你有点儿成就感。我不想看到别人死得没有尊严。

他们重新开始准备第二回合的战斗。忽然间——


**切入**

费兹克猛地向前一扑,试图抓住对手,就他的身材而言,这个速度相当了得。黑衣男子双膝跪地,躲过费兹克的爪子,灵活地从巨人的双腿间滑了过去。


**费兹克**_ 你好快。

**黑衣男子**_ 快可是件好事儿。

**费兹克(准备进行下一次进攻)**_ 你为啥戴面具?你的脸被硫酸还是什么东西泼了吗?

**黑衣男子**_ 不是啦,就是戴着特别舒服。我觉得将来所有人都会戴面具的。

费兹克若有所思地沉默了几秒钟,然后发起进攻,如果说之前他行动迅捷,那这次他的身手则可以用闪电来形容。黑衣男子避开他的拳头,费兹克穷追不舍,但这一次黑衣男子没有下蹲闪人,而是骑到了费兹克的背上,用双臂钳着费兹克的脖子,两只手一前一后锁定了费兹克的气管。黑衣男子开始发力挤压,用力越来越猛。

**费兹克(站着说)**_ 我刚才想明白了,为啥你这么难对付。

**切入**

费兹克向前方的一块巨石冲过去,当他快要撞到它时,他将自己那庞大的身躯甩过180度,让黑衣男子重重地撞在了巨石上。

**切入**

这次撞击非常猛烈,黑衣男子感到一阵钻心的剧痛,但他依然死死抱着费兹克的脖子不放。

**黑衣男子(他的胳膊始终扣得死死的)**_ 为什么呢?

**费兹克**（他的声音开始变得吃力）_ 这个嘛，是因为我很久没跟人单挑了。我的专项是一挑十。比如说帮我们那儿的慈善机构对付黑帮什么的。

## 切入

路的另一边又出现了一颗巨石。费兹克再次全力前冲，尽管速度不如之前快了，却还是一甩身把黑衣男子撞到了坚硬的石头上。

## 切入

黑衣男子再度遭到重创，有那么一瞬间，看上去他好像就快松手，从费兹克身上掉下来，但他没有，他还是坚持住了。

**黑衣男子**_ 那有什么区别？

**费兹克**_ 这个嘛……

（**声音越来越虚弱**） ……你瞧，跟五六个人打和单挑一个人用的招式可不同。

费兹克再次把黑衣男子撞到了一块石头上，只是这一次他的威力减弱了，费兹克开始慢慢倒下。

**切入**

费兹克已经气若游丝了。

**切入**

费兹克试图保持站立,但被黑衣男子钳住不放,他已经开始缺氧了。费兹克双膝落地,停顿了一小会儿,然后四肢着地。黑衣男子使出了更大的力气,费兹克试图往前爬。但是,没有任何氧气了,他无法呼吸。费兹克完全倒下了,一动不动。

**切入**

黑衣男子把费兹克翻了个身,把耳朵贴在他的心脏上。心脏还在跳动。黑衣男子站了起来。

**黑衣男子**_ 等你醒了,你的脑袋会很疼。但是,现在你还是好好休息吧……祝你梦见大个儿美女。

他用一只脚灵活地踢起地上的剑,抓住它,然后继续沿着山路向上跑去——

**切入**

亨珀丁克王子用一只脚比了比沙地上的一个鞋印。

骑着马的鲁根伯爵在一边看着。他身后有五六个全副武装的同样骑在马上的士兵。他们前面有一匹健硕的白马,那是王子的座驾。亨珀丁克在这片崎岖的沙地上来回走动,可能他不是这世上最棒的猎人。不过等等,也许他是。因为,乍看之下他的步子很奇怪,但仔细看我们会发现,他是在模仿刚才那两位击剑者的步伐。

**亨珀丁克** 这可不是一般的对决——这里到处都是脚印。这两人都是高手。

**鲁根** 谁赢了?结局怎么样?

**亨珀丁克**(低头看着伊尼戈晕倒的位置) 输的那人跑了。

(指向维兹尼和费兹克离开的方向) 赢的那个跟着那些脚印往盖尔德去了!

**鲁根** 这两个人我们都去追吗?

**亨珀丁克** 输的那人无关紧要。重要的是公主。

(向士兵们说) 很显然,这一切都是盖尔德的人策划的。接下来的战斗我们一定得准备好了。

**鲁根** 会不会是陷阱?

**亨珀丁克**(跳上马) 什么都有可能是陷阱,我一直都是这么认为的——所以我才能活到今天。

他策马远去——

**切入**

黑衣男子爬上了山顶。

**切入、特写**

一把抵着某人脖子的刀——镜头拉远：维兹尼嚼着苹果，一只手拿刀抵着金凤花的脖子。她被布条蒙住了双眼。

两人面前是一桌野餐。一块桌布、两个酒杯，中间是一个皮质小酒囊。还有一些奶酪，几个苹果。野餐的地点相当不错，它位于一条山路的尽头，四面环海。

黑衣男子沿着小路跑了过来，看到维兹尼时，他放慢了脚步。两人相互打量着对方。然后——

**维兹尼**　看来，就剩咱俩一决雌雄了。

黑衣男子点点头，向他走近——

**维兹尼**　如果你想让她死，那就尽管大步走过来吧。

他手中的长刀此刻更凶狠地威胁着金凤花的脖子。

**黑衣男子**　请听我解释——

**维兹尼**　——没什么可解释的。我看你是想要绑架我合法窃取的果实。

**黑衣男子**_ 也许我们能做个交易。

**维兹尼**_ 没什么可商量的。

（**不慌不忙地**） 你不听话,她就得死!

**切入**

维兹尼的刀几乎要割到金凤花的脖子。金凤花疼得倒抽一口气。

**切入**

黑衣男子立即停下脚步。

**黑衣男子**_ 但是,如果不做交易,那我们就陷入了僵局。

**维兹尼**_ 恐怕是的。论武力,显然你完全在我之上。不过论脑力,你可不是我的对手。

**黑衣男子**_ 您有那么聪明?

**维兹尼**_ 我这么说吧:你听说过柏拉图、亚里士多德、苏格拉底吗?

**黑衣男子**_ 听说过。

**维兹尼**_ 全都是蠢蛋。

**黑衣男子**_ 是吗?那样的话,那我想要与您对决一下智慧。

**维兹尼**_ 为了公主？

黑衣男子点点头。

**维兹尼**_ 败者死？

又点点头。

**维兹尼**_ 我接受。

**黑衣男子**_ 好，那倒酒吧。

维兹尼在两个酒杯中倒入了暗红色的液体，黑衣男子从衣服里掏出一个小纸袋，递给维兹尼。

**黑衣男子**_ 闻闻看，但是别摸。

**维兹尼（闻了闻）**_ 没味道。

**黑衣男子（拿回纸袋）**_ 您闻不到气味的这个叫作艾厄藤粉。它闻起来和尝起来都没有味道，遇水迅速溶解，是目前人类所知的一种剧毒。

**维兹尼**_ 嗯哼。


**切入**

维兹尼兴奋地看着黑衣男子拿起两只酒杯，背过身去。过了一会儿，他转身面向维兹尼，扔掉毒粉袋。它已经空了。

黑衣男子像变戏法一样把两只酒杯转了几下，然后把一杯放在维兹尼面前，一杯放在自己面前。

**黑衣男子**_ 好了，问题是，哪杯有毒？智慧之战现在开始。等您决定了，我们两人一人一杯，然后看看您有没有猜对，看看谁死了。

**维兹尼**_ 这也太简单了吧。我只要根据对你的判断就能猜出来了。你是那种会在敌人的杯里下毒，还是给自己下毒的人呢？

他开始观察起黑衣男子的面部表情。

**维兹尼**_ 聪明人会在自己杯里下毒，因为他知道只有傻子才会喝自己面前的酒。我可不是傻子，所以显然我不能选你那杯。但你又一定知道我不是傻子，你会算计到这一点，所以显然我也不能选我这杯。

**黑衣男子**（**流露出一丝紧张**）_ 那您决定了？

**维兹尼**_ 慢着，还早着呢。因为众所周知，艾厄藤来自澳大利亚，而澳大利亚人好多都是罪犯。罪犯习惯了不被信任，就像我不信任你一样。所有显然我不能选你那杯。

**黑衣男子**_ 您的智慧真是让人头晕眼花啊。

**维兹尼**_ 听我说下去！我刚说到哪儿了？

**黑衣男子**_ 澳大利亚。

**维兹尼**_ 没错，澳大利亚，但你一定已经料到了我会知道这毒粉的来源,所以显然我还是不能选我这杯。

**黑衣男子(非常紧张)** 您在拖延时间吧。

**维兹尼(咯咯地笑了起来)** 你巴不得这样是吧?

(**瞪着黑衣男子**) 你打败了我的巨人,说明你非常强壮。因此,你可能在自己那杯下了毒,觉得你可以用力量自救。所以显然我不能选你那杯。但你还打败了我的西班牙人,说明你肯定学过东西。既然念过书,你就会知道人类不是金刚不坏之身,所以你不会在自己杯里下毒,因此显然我也不能选我这杯。

维兹尼说得口沫横飞,黑衣男子听得失去了兴致。

**黑衣男子** 您是想探我的口风,这没用的。

**维兹尼(作胜利状)** 怎么没用?你什么都泄露了!我知道哪杯有毒。

**黑衣男子(展示出愚人的勇气)** 那就请选吧。

**维兹尼** 我会选的。我选——

忽然他停住了,伸手指向黑衣男子背后。

**维兹尼** ——那玩意儿是什么东东啊?

## 切入

黑衣男子转头向后看去。

**黑衣男子**_ 什么东西?哪儿?我什么都没看见。

### 切入

当黑衣男子转过头去时,维兹尼迅速地调换了两个酒杯的位置。

**维兹尼**_ 哦,我发誓我刚才是看到了一个东西。算了吧。

黑衣男子向他转过头。维兹尼开始大笑。

**黑衣男子**_ 有什么好笑的?

**维兹尼**_ 一会儿我告诉你。我们先喝吧——我喝我的,你喝你的。

他拿起自己面前的酒杯。黑衣男子也拿起自己的那杯。当两人准备开始喝时,维兹尼犹豫了一下。

看到黑衣男子先喝后,他也喝干了自己那杯。

**黑衣男子**_ 您猜错了。

**维兹尼(狂笑不止)**_ 你以为我猜错了——

(笑得更狂了) ——好笑就好笑在这里!刚才你回头时我把杯子掉了个儿。你这个傻子。

**切入**

黑衣男子一言不发,静静地坐着。

**切入**

维兹尼看着他。

**维兹尼**_ 你犯了个经典错误。世界上第一大错是"永远不要在亚洲陷入陆地战",第二大错叫作"永远不要跟西西里人下生死赌注"。

他笑得前仰后合,得意忘形,直到没了气儿。

**切入**

黑衣男子跨过尸体,为金凤花取下眼罩,后者看到了维兹尼躺在地上的尸体。

黑衣男子拉她站起身来。

**金凤花**_ 你是什么人?

**黑衣男子**_ 一个不容小觑的人,你只要知道这就够了。

他开始领着她走下山间小路,前往未知的领域。

**金凤花(最后看了维兹尼一眼)**_ 原来你还是在自己的杯里下了毒。

**黑衣男子** 两杯都下了毒。我练了几年的功,对艾厄藤粉有了免疫力。

说完这话,他拉着她向远处走去。

**切入**

一条山路。

这是先前费兹克和黑衣男子决斗的地点。镜头拉远:王子双膝跪地,审视着地上每一寸沙土。其他人等在他身后。

**亨珀丁克** 有人打败了一个巨人!

**(咆哮道)** 如果她死了,盖尔德的人可逃不出我的手掌心!

他跳上马,一行人离开了。

**切入**

一片荒野。

黑衣男子跑进了视线,他依然拽着金凤花,后者跑得跟跟跄跄,但他始终拉着她不停前进。终于,她快筋疲力尽了,他松开了她。

**黑衣男子(他声音凶狠,像是在威胁她)** 别老大口喘气。

**金凤花_** 如果你放了我……无论你要多少钱……我们都会给你的，我保证……

**黑衣男子_** 一个女人的承诺，这值几个钱？你可真有趣，公主殿下。

**金凤花_** 我给过你机会了。不管你把我带到哪儿……亨珀丁克王子可是天下最棒的猎手。没有人能逃得出他的手掌心。他会找到你的。

**黑衣男子_** 你觉得你的心上人会救你？

**金凤花_** 我可没说过他是我的心上人。不过他会救我，这我知道。

**黑衣男子_** 你是在向我承认你不爱你的未婚夫？

**金凤花_** 他知道我不爱他。

**黑衣男子_** 你的意思是"不会爱"吧。

**金凤花_** 我深爱过一个人，像你这样的暴徒是永远无法想象的。

黑衣男子亮出了拳头。金凤花闪身躲避，但是没有退缩。

**黑衣男子_** 这是警告，公主殿下。下次我的拳头可是会自己飞出去的。因为在我长大的地方，女人撒谎可是要受惩罚的。

**切入**

维兹尼的尸体。一桌野餐还是像先前那样放着。

**镜头拉远**

王子跪在尸体边,其他人骑马赶到。王子抓起空的毒粉袋,闻了闻,然后递给鲁根。

**亨珀丁克**_  艾厄藤,我敢打赌。

(伸手指向前方的小径)  那儿有公主的脚印。她还活着……至少一小时前还活着。如果最后我找到的是她的尸体,后果会很严重。

他跳上马,一行人离开——

**切入**

金凤花踉跄着出现在镜头中,当黑衣男子松开她时,她重重地摔在了地上。我们现在来到了一条深谷边。坡非常陡。往下看,谷底表面平整,但下去的路可是会相当刺激的。

**黑衣男子**_  休息一下吧,公主殿下。

**金凤花**(瞪着他)_  我知道你是谁了——你的残酷说

明了一切。

黑衣男子没有回答。

**金凤花**_ 你是恶海盗罗伯茨,承认吧。

**黑衣男子**_ 正是在下。有什么能为您效劳的吗?

**金凤花**_ 你会被千刀万剐的。

**黑衣男子**_ 这话可不好听啊,公主殿下。您为何要对我口出恶言呢?

## 特写

金凤花的声音弱了下来。

**金凤花**_ 你杀了我的爱人。

## 切入

黑衣男子紧紧地盯着她。

**黑衣男子**_ 这有可能,我可杀了不少人。您的爱人叫什么名字?又是哪个王子?丑陋、富有、脸上有疤的王子?

**金凤花**_ 不,他是一个农场小子。他很穷,很穷,但是他很完美,他的眼睛好像暴风雨过后的海面一样平静。

**切入**

金凤花。如果她不是这么恨罗伯茨,她很可能已经泪流满面了。

**金凤花**_ 在汹涌的海面上,你们袭击了他的船,恶海盗罗伯茨从不留活口。

**黑衣男子(像一个老师那样解释了起来)**_ 我可没法儿手软。一旦海盗留情的消息传出去,人们就不会服从你了,那我一辈子不就得打工了?

**金凤花**_ 你这是在嘲笑我的痛苦。

**黑衣男子**_ 生活本就是痛苦的,公主殿下。如果有谁不这么说,那他肯定另有企图。我好像记得您的农场小子。应该是五年前的事儿吧?

金凤花点点头。

**黑衣男子**_ 您是不是不想听?

**金凤花**_ 你现在说什么都气不到我。

**黑衣男子**_ 他死得很有尊严,这您应该感到欣慰。他没想用钱求我饶命,也没有大哭大闹。他只是说了一句话:"求您了,我必须活下去。"我记得他是因为"求您了"这三个字。我问他有什么心愿没有了结。"真爱",这是他的回答。然后他讲起了一个美貌和忠贞举世无双的女孩。现在我想他说的是您吧。您还得感谢我，在他还没发现您的真面目前就结束了他的生命。

**金凤花_** 你说，我的真面目是什么？

**黑衣男子_** 他跟我讲了您是如何忠贞不渝，夫人。现在，跟我说实话。当您得知他的死讯时，您是立马就和您的王子订了婚，还是为了尊敬逝者，稍稍等待了一周呢？

**金凤花_** 你已经嘲笑过我一次了，我不会让你再得逞——那一天，我也死了！

两人站在深谷边，黑衣男子正打算开口。但他忽然发现了什么，然后向远处看了一眼。

### 切入

他的视角：随着亨珀丁克一行人经过，尘土在空中飘起。

### 切入

趁着黑衣男子的注意力还集中在那片飞起的尘土上时，金凤花用尽全身力气推了他一把。

**金凤花_** 你去死吧！！

**切入**

黑衣男子在深谷边缘踉跄了几步,然后开始坠落。黑衣男子滚下山坡。他打着滚翻了下去。

**切入**

金凤花愣愣地看着黑衣男子滚下山坡。

一阵长时间的停顿。她只身站在那儿,听到了从下方传来的一句话,它飘浮在空中——

**黑衣男子_** 遵……您……所……愿……

**金凤花_** 哦,我亲爱的韦斯利!我做了什么?

她不假思索地往深谷跳下去。几秒钟后,她也开始坠落、旋转、翻滚,追随着爱人而去。

**切入**

尘土飞扬。

**镜头拉远**

亨珀丁克王子一行人停在了先前金凤花欲用赎金换取自由的地点。王子摇摇头。

**亨珀丁克_** 消失了。他一定看到我们逼近了,所以慌张之下犯了错。如果我没猜错的话,他们一定是往火沼泽去了,我可是从来都不会错的。

**切入**

一听到火沼泽这几个字,鲁根伯爵脸色煞白。

**切入**

谷底。

两人的身体相距几英尺,一动不动。当然,他们是金凤花和韦斯利。他们也许已经死了。过了一会儿,韦斯利开始慢慢地移动——

**切入**

韦斯利慢慢爬向满身伤痕的金凤花。

**韦斯利_** 你能动吗?

**金凤花(虚弱地向他伸出一只手)_** 看到你还活着,要我飞都可以。

**韦斯利_** 我不是跟你说过"我一定会回来找你"的吗?你为什么没有等我?

**金凤花**_ 可是……所有人都说你死了啊。

**韦斯利**_ 死亡是无法阻挡真爱的。最多只是把它延迟一小会儿。

**金凤花**_ 那我以后再也不会怀疑了。

**韦斯利**_ 以后就永远没有这个必要了。

现在,他们开始拥吻。这是一个柔情的吻,柔情又充满爱意——

**男孩(从镜头以外)**_ 哦,不,别念这个了,求您了。

**切入**

男孩的卧室。

**爷爷**_ 怎么了?哪儿不对了?

**男孩**_ 怎么又亲嘴了,我们一定得听亲嘴的地方吗?

**爷爷**_ 总有一天你会不那么介意的。

**男孩**_ 给我念火沼泽那块儿吧,那听起来很不错。

**爷爷**_ 哦,你是小病号,那我还是迁就迁就你吧。

**(他再次拿起书)** 看看,我们念到哪儿了?哦对,啊,好吧。韦斯利和金凤花在谷底一路飞奔。

**切入**

韦斯利和金凤花沿着谷底一路飞奔。韦斯利抬头往上看。

**切入**

亨珀丁克一行人在悬崖顶端,低头看着韦斯利和金凤花。

**切入**

韦斯利。

**韦斯利_** 哈,你的猪头未婚夫太慢了。咱们再跑几步,就能安全抵达火沼泽了。

**切入**

韦斯利这话说得轻巧,金凤花却不买账。

**金凤花_** 我们不会活着走出火沼泽的。
**韦斯利_** 胡说!只是至今还没有人做到而已。

两人继续往前跑,亨珀丁克一行人进退两难,一脸挫败——

**切入**

火沼泽。

这里看上去真的不比你可能见过的其他潮湿、弥漫着硫黄味的阴森恐怖之地更瘆人。巨大的树木挡住了阳光。

**切入**

韦斯利和金凤花。金凤花明显一脸恐惧,韦斯利可能也有些害怕,但他手里握着剑,步履轻松。

**韦斯利**　这儿也没那么糟。我可不是说我想在这儿造个屋避暑什么的,但这些树还挺可爱的。

这些粗大的黑绿色巨木看上去像来自地狱一般阴气沉沉,只有零散的阳光能够突破它们的封锁。

在一阵轻微的扑哧声响后,地上忽然蹿起一股巨大的火焰,火焰擦过了韦斯利,但金凤花忽然着了火,至少是她的下半身——

**切入**

韦斯利立马让金凤花坐下,试图用手扑灭她裙边的火焰。但这次抢险可不轻松,韦斯利有些受挫,但是他还是尽量表现得自信满满。

**韦斯利**_  真够刺激的。

他查看了一下她身上刚才被火苗扑过的地方。

**韦斯利**_  有点儿被烫到了吧?

她没被烧到,于是摇摇头。

**金凤花**_  你呢?

他有点烧伤,但是也摇摇头。他拉着她站起来——


**切入**

沼泽地

——地面又发出了一阵扑哧声。


**切入**

韦斯利抱起金凤花,把她放到安全的地方,又一股火焰从她刚才站的地方蹿起。


**韦斯利**_  有一点我看可以肯定。在火沼泽里走路可真得万分小心。

金凤花害怕极了。他拉过她的手,慢慢地带她前进——

**切入**

两人在火沼泽一个尤其危险的区域慢慢前进。

晚一些的时候,阳光投射下来的角度跟先前不同了。

**韦斯利**(高兴地)_ 这马上就会成为一段愉快的回忆了,因为罗伯茨的"复仇号"就停在出口。我就是罗伯茨。

**金凤花**_ 这怎么可能?他声名在外二十年了,而你五年前才离开我。

**韦斯利**_ 我本人总是对命运的奇妙之处感到惊叹不已。

这时,扑哧声再次响起,又一股火焰蹿出。韦斯利轻松地抱起金凤花,让她脱离危险,接着把她放下,前进的过程丝毫没有被打乱。

**韦斯利**_ 我之前告诉你了,当时罗伯茨要杀我时,我向他求情,这是真的。我那句"求您了"打动了他,我对你美丽的描述也打动了他。

**切入**

一簇丑陋的藤蔓——它们有可能是食人的植物。韦斯利拔出剑,为两人扫清前进的障碍。毒藤坠地时吱嘎作响。整个过程中,他始终滔滔不绝。

**韦斯利**_ 罗伯茨最终做出了决定。他对我说:"好吧,韦斯利,我还没有男仆,今晚让你试试吧。不过早上我八成会杀了你。"这话他说了三年。"晚安,韦斯利,今天干得不错,好好睡吧。明天早上我八成会杀了你。"那段时间我过得不错。我学习击剑、搏斗,学到了很多。罗伯茨和我也终于成了朋友。然后,那件事儿就发生了。

**金凤花**_ 什么事儿?接着说。

韦斯利抱起金凤花,走过一座狭窄、险峻的独木桥,桥下有一潭水。

**韦斯利**_ 罗伯茨抢够了钱,萌生了退休的念头。他把我带进他的船舱,跟我说了他的秘密。他说:"我不是恶海盗罗伯茨,我叫瑞恩。这条船是前任恶海盗罗伯茨传给我的,就像我现在要传给你一样。我的前任也不是真正的恶海盗罗伯茨,他叫宽腰带。真正的罗伯茨十五年前就退休了,在巴塔哥尼亚①花天酒地呢。"然后他解释说,之所以要把"恶海盗罗伯茨"这个名字流传下来,是为了保持人们的恐惧。没人会跟恶海盗韦斯利投降,你说是吧。

两人现在已经走过了池塘。

**韦斯利**_ 然后我们靠岸,招募了一批新船员,他以第

---

① 巴塔哥尼亚,阿根廷南部地区。

一副手的身份在船上留了一段时间,在人前称我为罗伯茨。等船员们都相信了我的身份,他就下船,从此我就成了罗伯茨。不过,现在我们重逢了,那我就该退休了,找个新人来接替我。这些你都听得明白吧?

金凤花一脸困惑,她刚想开口,就踩上了一大片闪电流沙。一股粉末扬起,她哭喊着韦斯利的名字沉了下去,整个人瞬间消失——

## 切入

韦斯利在原地转了一圈,抓起一根U形藤条,从凹弧的中部将其一砍为二。他扔掉剑,从抓住其中一根藤条跳入闪电流沙,又一股白色粉末扬起,但这次流沙表面很快就恢复了平静。

现在,我们什么都看不见,什么动静都没有。只有那片可爱而致命的闪电流沙。

镜头固定在闪电流沙上——然后——

我们现在听见了一阵奇怪的喘气声。这个声音忽然变大了。接着,一只硕大无比的啮齿动物忽然蹿入了视线。目测这个大家伙可能有80磅。它四处嗅了嗅,然后以同样迅捷的速度离开了。

**切入**

闪电流沙。肺部快要爆炸的韦斯利钻出了地面,他的肩上背着金凤花,他抓着藤条努力爬出流沙坑——

**切入、特写**

金凤花满脸都是白色粉末。她的眼睛、耳朵、头发和嘴里都是这种粉末。她可能还是很美,但现在你得把眼睛睁圆了,才能看出这一点来。韦斯利继续奋力向上爬——

**切入**

啮齿巨怪在两人的上方看着他们——

**切入**

韦斯利把金凤花放在一棵树旁,为她拂去脸上的沙子。然后他停顿了一下,环顾四周——

**切入**

啮齿巨怪出现在两人附近。它看着韦斯利。

韦斯利用目光回敬这头野兽。金凤花没有看到它。她眨巴着眼睛。他继续给她清沙。

**金凤花**_ 我们不可能成功的。我们不如死在这儿吧。

**韦斯利**_ 不,不,我们已经成功了。

他再次回过头看了看。

现在出现了两头啮齿巨怪。它们爬到了附近的一棵树旁,虎视眈眈地看着下方。

## 切入

韦斯利拉着金凤花站起来。他用一只胳膊搂着她,边走边安慰她。

**韦斯利**_ 我们来想想,火沼泽有哪三怪?第一,地焰,这没什么可怕的,每次火焰蹿出来之前都会发出扑哧声,我们可以及时躲避。第二,闪电流沙,你现在也知道它长啥样了,我们也可以一路提防。

**金凤花**_ 韦斯利,那啮齿巨怪呢?

**韦斯利**_ 奇大无比的啮齿动物吗?我觉得它们根本不存在……

话音刚落,一只啮齿巨怪便蹿入镜头,向他飞扑过来。

## 切入

金凤花尖叫一声——

韦斯利被展开攻势的啮齿巨怪压在身下，他试图奋力逃脱，但却做不到。怪物的牙狠狠地咬住他的胳膊。他疼得大叫。

韦斯利朝怪物的脑袋挥了一拳，终于摆脱了它。他伸手去拿自己几英尺以外的剑，但啮齿巨怪又扑了上来。这是一场惊心动魄的搏斗，正当我们觉得韦斯利没有胜算时，他把丑陋的怪物甩开了。

韦斯利拼命向他的剑爬去。啮齿巨怪重整旗鼓，转换目标，现在它的方向是——

金凤花，她完全慌了神——

**金凤花** 韦斯利！

韦斯利放弃了剑，转身去追赶巨怪，抓住它的尾巴与之搏斗。金凤花抓起一根小树枝，开始击打怪物的脑袋，但怪物用锋利的牙齿咬住了她的裙边，她摔倒在地——

**切入**

韦斯利跳上了怪物的背，现在啮齿巨怪又控制住了他，用针尖般的牙狠狠地咬住了韦斯利的肩膀。

**切入**

韦斯利的生命危在旦夕,这时,地面响起了一阵扑哧声。他拼命向声音的方向滚过去——

**切入**

一股火焰从地面高高蹿起——

**切入**

被韦斯利压在身下的啮齿巨怪滚入了火焰之中,它松开了爪子,韦斯利脱离了怪物的控制。他抓起他的剑,奋力刺向此刻正试图扑灭身上火焰的啮齿巨怪。

啮齿巨怪停止了呼吸。韦斯利一动不动地站着,他筋疲力尽。危险已经过去了。

**切入**

金凤花大舒一口气。

**叠入**

火沼泽的出口。

远方是一片海滩。

**切入**

金凤花和韦斯利。

**金凤花**（难以置信地）_ 我们走出来了。

**韦斯利**_ 瞧，这里也没有那么可怕吧？

两人不知从哪里来了力气，加快了脚步，当他们抵达火沼泽的出口时——

**切入**

我们没有料到的一幕：亨珀丁克坐在马上，鲁根在他身边。三个全副武装的骑马士兵严阵以待。金凤花和韦斯利正准备走出火沼泽。两人停下了脚步。金凤花的状态用筋疲力尽都不足以形容。韦斯利比她还要糟糕。

**亨珀丁克**_ 投降吧！

现在是黄昏时分。从亨珀丁克身后可以看见海湾。

**切入**

韦斯利和金凤花看着眼前的一行人。

**韦斯利**_ 您在向我投降？好啊，我接受。

**亨珀丁克**_  您的勇气我十分钦佩。不过,犯傻可不是明智之举。

**韦斯利**_  那您准备怎么来抓我们?我们知道火沼泽的秘诀。我们可以高高兴兴地在里边住上一段时间。因此,如果您愿意找死,欢迎前来拜访。

**亨珀丁克**_  我重复一遍——投降吧!

**韦斯利**_  你做梦!

**切入**

金凤花看看韦斯利,又看看王子,她忽然发现了什么——

**切入**

一个身穿盔甲的士兵从暗处现身,拉弓瞄准了韦斯利的心脏。

**切入**

金凤花望向另一侧——

**切入**

又一个士兵拉弓瞄准韦斯利。

**亨珀丁克（咆哮着）** 我再给你最后一次机会——投降吧!

**韦斯利（以更高的音量对吼道）** 放马过来!

### 切入

金凤花慌乱地环顾四周——

### 切入

又一个士兵拉弓待射,他藏身的那棵树挡住了韦斯利可能的逃生方向。

**金凤花** 你能保证不伤害他吗?

### 切入

亨珀丁克转头面向她。

**亨珀丁克** 你说什么?

### 切入

韦斯利转头面向她。

**韦斯利**_ 你说什么?

**切入**

金凤花对两人说道:

**金凤花**_ 如果我们投降,我跟你回去,你能保证不伤害这个人吗?

**亨珀丁克(高举右手)**_ 那我愿活千年,不再捕猎。

**金凤花(看着韦斯利说)**_ 他是"复仇号"上的水手。向我保证你会把他送回船上。

**亨珀丁克**_ 我发誓。

**切入**

金凤花和韦斯利深情地望着彼此的眼睛。

**切入**

亨珀丁克和鲁根。

**亨珀丁克**_ 等我们一走,把他带回弗洛林,扔到绝望之穴。

**鲁根(几乎露出了笑容)**_ 我发誓。

**切入**

金凤花和韦斯利。

**金凤花_** 以为你死了的时候,我万念俱灰。我不能让你再死一次,况且这次我能救你。

韦斯利茫然了。他一言不发。

金凤花刚想再开口,就被亨珀丁克抱上了马,两人骑马离去。

**切入**

韦斯利望着金凤花的背影。鲁根看着他的士兵把韦斯利带到自己跟前。伯爵手里握着一把很沉的剑。

**鲁根_** 来吧,先生,我们得送您上船。

**韦斯利_** 谎言不符合君子的作风。

**鲁根_** 说得好,先生——

韦斯利看着他。

**鲁根_** ——怎么了?

**韦斯利_** 您的右手有六根手指。有人在找您——

鲁根伯爵用剑柄打晕了韦斯利。韦斯利开始倒下——镜头变为黑屏。

**淡入**

绝望之穴,这是一个阴冷、潮湿、没有窗户的地下洞穴,有火光在闪烁。这个地方令人毛骨悚然。韦斯利躺在洞穴中央,他被锁链禁锢,孤立无援。

**切入**

一个十分惊悚的身影出现了:那是一个毫无血色的白化病男子。这个肤色惨白的人不声不响地走进了洞穴,手里端着一盘食物和药物。他把托盘放下。

**韦斯利_** 这是哪儿?

**白化病男子(用气声回答)_** 绝望之穴。

他开始为韦斯利清理伤口。韦斯利疼得龇牙咧嘴。

**白化病男子_** 你别想——

**(清了清嗓子,声音恢复了正常)** ——别想打逃跑的主意。这些铁链非常牢固。你也别做梦有人会来救你。这里唯一的入口是个秘密通道。知道怎样进出的,只有王子、伯爵和我。

**韦斯利_** 那我就只能在这儿等死了?

**白化病男子(忙碌着)_** 没错,直到他们把你干掉。

**韦斯利_** 那干吗还给我治伤?

**白化病男子_** 王子和伯爵坚持每个人都要健康地迎接

酷刑。

**韦斯利**_ 看来我得受点儿皮肉之苦了。

白化病男子点点头。

**韦斯利**_ 这我能扛住。

白化病男子摇摇头。

**韦斯利**_ 你不信?

**白化病男子**_ 你挨过了火沼泽,说明你很勇敢……

(**稍作停顿**)……但死亡机器的折磨可没有人能扛得住。

他开始端详起表情悲伤的韦斯利。

## 切入

金凤花一脸悲伤,她脸色苍白,也许是病了。她在弗洛林城堡的一条走廊中缓缓地走着。当她经过了一个岔道口时……

## 切入

亨珀丁克王子和鲁根伯爵正看着她。

**亨珀丁克**_ 从火沼泽回来以后,她一直是这个样子。

(**看着鲁根**) 是我父亲恶化的病情让她心神不定。

**鲁根**_ 当然。

两人走了起来。

**切入**

夜色中的弗洛林城堡。

镜头固定在城堡上,我们听见爷爷念书的声音。

**爷爷(从镜头以外)** 当晚,国王驾崩,次日黎明前,金凤花和亨珀丁克成了婚。

**切入**

弗洛林城堡主广场。

此前我们曾用人声鼎沸形容过这里,现在,广场简直是水泄不通。亨珀丁克、鲁根和老皇后站在城堡的阳台上。

**爷爷(从镜头以外)** 到了中午,她再次见到了她的子民们。这一次,她已经成了他们的皇后。

**亨珀丁克** 我父亲的遗言是……

**男孩(从镜头以外)** ——等等,爷爷,等等。

亨珀丁克话音未落,画面停滞了。

**切入**

男孩的房间。

男孩已经在床上半坐了起来,看上去还有些虚弱,但明显比我们刚开始看到他的时候好多了。

**男孩**_ 您念错了。她没有嫁给亨珀丁克,她嫁给的是韦斯利。我觉得肯定是这样。韦斯利为她付出了那么多,如果她不嫁给他,那就不公平。

**爷爷**_ 谁说生活是公平的?哪儿这么写啊?生活不是一直都公平的。

**男孩**_ 可您把故事弄砸了,不能这样!

**爷爷**_ 你还想不想听下去了?

**男孩**_ 想。

**爷爷**_ 那好吧,现在开始不要插嘴了。

(开始继续念) ……到了中午,她再次见到了她的子民们。这一次,她已经成了他们的皇后。

与此同时——

**切入**

亨珀丁克王子。

**亨珀丁克**_ 我父亲的遗言是:"你要全心全意爱她,天下就有福了。"现在,欢迎你们的新皇后。金凤花皇后。

与此同时——

**切入**

壮观的人群。

**切入**

金凤花出现在我们先前见过的拱廊里。

**切入**

人群瞬间纷纷双膝跪地,一浪又一浪静静跪下的人们。所有人都跪下了。

**切入**

金凤花又是一脸感动,但接着,她的脸上露出了震惊的表情——

**切入**

人群。有人发出了嘘声!嘘声越来越响,一个老妇穿过人群向金凤花走近,边走边发出嘘声。

**金凤花**_ 您为什么这样对我?

**老妇**_ 因为你拥有过爱,却放弃了它。

**金凤花(难过地)**_ 但如果我不这么做,他们会杀了韦斯利。

**老妇**_ 你真正的爱人还活着,你却嫁给了别人。

(**对人群说**) 她的爱人在火沼泽救了她的命,她却像垃圾一样对待他。她就是个无情皇后!如果你们愿意跪,就给她跪吧。给这个肮脏、无耻的皇后下跪吧!卑鄙之徒!肮脏的女人!

她向越来越惊恐的金凤花步步逼近。


**特写**

叫骂的老妇。她对金凤花的辱骂越来越大声,把苍老的双手伸向金凤花的脖子,金凤花现在就像《绿野仙踪》里被女巫追赶的多萝西,恐惧得要命。忽然间……


**切入**

城堡卧室里的金凤花从噩梦中醒来,她急急忙忙地披上一件袍子,开始向外跑去。


**爷爷(从镜头以外)(继续念书)**_ 距离婚礼还有十天。国王还活着,但金凤花的噩梦越来越糟糕。

**男孩(从镜头以外)**_ 我说吧?我说了她不会嫁给那个烂人亨珀丁克的吧?

**爷爷（从镜头以外）** ——没错,你真是个聪明的孩子。别打岔啦。

**切入**

金凤花冲进王子的房间。鲁根伯爵站在一边。

**金凤花** 实话告诉你吧:我爱韦斯利。我一直都爱着他。我知道我永远都会爱他。如果你告诉我十天后我必须嫁给你,那请你相信明天早上之前我就会死去。

**切入**

亨珀丁克王子一脸震惊。过了良久他才开口,语气相当温柔。

**亨珀丁克** 我永远不想让你难过。那我们就取消婚约吧。

（对鲁根说） 你把韦斯利送回船上了吗?

**鲁根** 是的。

**亨珀丁克** 那我们跟他提个醒就是了。

（对金凤花说） 亲爱的,你确定他还想要你吗?毕竟是你在火沼泽抛弃了他。而且,海盗可不是以信守承诺出名的啊。

**金凤花_** 我的韦斯利永远都会来找我。

**亨珀丁克_** 那我有个提议。你来写四封同样的信。我会派我最快的四艘船向东南西北各发一封。每年这个时候,恶海盗罗伯茨总是在弗洛林附近。我们会亮出白旗,送出你的信息。如果韦斯利还想要你,那我祝福你们。如果不是这样……那请你把我当作自杀以外的另一条出路吧。这样的安排你同意吗?

她点点头——

## 切入

一片茂密的树林。

这些树木有一点很不寻常:它们都布满了树节。

## 镜头拉远

亨珀丁克和鲁根走入树林。

**鲁根_** 你的公主可真是个可爱的姑娘啊。天真是天真了些,可是,她的魅力倒是无可否认。

**亨珀丁克_** 哦,那我知道。老百姓都挺吃她那套的。说来奇怪,当时我雇维兹尼,要他在我们订婚那天把她干掉的时候，我以为那招很聪明。但现在看来，等我在新婚之夜把她勒死，那可是会更加感天动地啊。等到成功嫁祸盖尔德，全民愤怒了，开战也就顺理成章了。

他们现在走进了树林深处。鲁根四处寻找着什么。

**鲁根_** 那个树节在哪儿呢？可真够难找的。（他找到了一棵树上的树节，摁了一下，一扇门打开，出现了一段通往地下的台阶。）你下来吗？韦斯利已经恢复体力了。今晚我就用死亡机器给他点颜色瞧瞧。

**亨珀丁克_** 泰隆，你知道我有多喜欢看你工作。但我现在不但得计划建国五百周年纪念日和我的婚礼，还得忙活谋杀我老婆和栽赃盖尔德的事儿。我可没有三头六臂啊。

**鲁根_** 好好休息休息吧。如果没有健康，等于什么都没有。

鲁根微笑着跑下了台阶，树门在他身后合上。

## 切入

一个大家伙。我们看不出它是什么，它干什么用，但它令人感到紧张。

## 镜头拉远

鲁根伯爵把韦斯利拖到了这个家伙上面。推杆、齿轮、电线……应有尽有。

**鲁根** 很惊艳吧？（白化病男子给韦斯利按上了吸力杯。）这可是我花了半辈子造的。我相信您一定已经了解了本人对痛苦浓厚的兴趣。现在我正在写关于这个主题的论文。所以，一会儿死亡机器给您什么感觉，希望您能如实向我描述。

### 切入
鲁根走向一块刻度显示从"1"到"50"的刻度板。

**鲁根** 这是第一次，我们从最低的一档开始。
他把推杆推至刻度"1"。

### 切入
韦斯利的头部、太阳穴、心脏处、双手双脚都被按上了吸力杯。他一言不发，努力控制着自己的身体。

### 切入
鲁根伯爵又摆弄了一会儿机器。接着他打开水闸，水流顺着斜槽而下，转动齿轮，将机器发动。

**切入**

韦斯利躺在桌上,身体被沉重的金属链条捆绑,他的表情是如此痛苦,看起来好像就要挣脱锁链。他发出了恐怖的喘息声——

**切入**

鲁根伯爵关掉机器,拿起一个大笔记本和一支笔,在一把椅子上坐下。机器的噪音渐渐停歇了。鲁根将本子打开到空白的一页。

**鲁根**_ 你知道,吸力泵的原理是人们几百年前发现的。其实就这么简单。不过,它通常是用来吸水,而我吸的是生命。我刚刚已经吸走了你一年的寿命。有一天我可能会试试"5"这一档,但我还真不知道你的承受度怎么样。那我们现在就看看这次的效果吧。你感觉怎么样?告诉我。记住,这是为了后人着想,所以你还是诚实一点儿为好。你感觉怎么样?

**切入**

韦斯利无比痛苦,头晕目眩。他发出了一声无助的哭号。
鲁根伯爵看着韦斯利流出眼泪,开始在本子上写字。

**鲁根**_ 有意思。

**切入**

亨珀丁克伏案工作。他的桌上铺满了文件。一个叫作耶林的脸色苍白、贼眉鼠眼的男人出现在了门口。

**亨珀丁克**_ 耶林。

**耶林（鞠了一躬，然后跪下）**_ 陛下。

**亨珀丁克**_ 你是弗洛林首席执事官，因此我有一个重大机密要托付：盖尔德日前派了一批杀手潜入盗贼林，计划在我的新婚之夜谋杀新娘。

**耶林**_ 我的情报网络从未听闻此消息。

**切入**

金凤花走进了房间。

**金凤花**_ 有韦斯利的消息了吗？

**切入**

王子和耶林转身面向站在门口的她。

**亨珀丁克**_ 你太心急了，我的天使。要耐心。

**金凤花**_ 他会来找我的。

**亨珀丁克**_ 当然。

她离开了房间。

**亨珀丁克**_ 不能让敌人得逞。婚礼之前，我要你们撤空盗贼林，拘捕所有人。

**耶林**_ 此举势必将遭到很多盗贼的抵抗。我的常规兵力无法完成这一任务。

**亨珀丁克**_ 那就组建一支野蛮分队。我要盗贼林在我大婚之日前彻底清空。

**耶林**_ 殿下，这可不太好办。

**亨珀丁克（面带疲惫地）**_ 你倒是来试试统治世界啊。

## 切入

盗贼林，时间是白天。

这里一片叫嚣。由一大批壮男兵组成的野蛮分队正在围捕盗贼。混乱之中，耶林站在一驾马车上。

**爷爷（从镜头以外）**_ 婚礼当天，野蛮分队卖命地执行亨珀丁克的命令。

**耶林（对一个丑陋的二把手说）** 所有人都撤离了吗？

**二把手** 差不多了。但有个西班牙人很麻烦。

**耶林** 那你就给他点颜色看看。前进！

他的马车起步了——


## 切入

醉得不省人事的伊尼戈瘫坐在一间小茅屋前，一手抱着一瓶白兰地，一手握着六指剑。他看上去非常糟糕：胡子拉碴、眼泡浮肿、憔悴瘦削。但他挥舞着那把宝剑的样子，能让任何人都退避三舍。

**伊尼戈** 我等着你呢，维兹尼。你要我回到最开始的地方，我照做了。老子现在在这儿，就在这儿待着了。看谁敢来撵老子。

他举起酒瓶猛喝一口。这时，野蛮分队的那个二把手出现在他跟前，他停住了。

**二把手** 这位爷。

**伊尼戈** 老子是不会挪地儿的。省省你的"这位爷"吧。

他张狂地挥舞着手中的剑。

**二把手** 但王子下了命令了——

**伊尼戈** ——维兹尼还给我下命令了呢——一旦有什

么差错，你要回到最开始的地方。这里就是我们接到那份差事的地方。这里就是最开始的地方，维兹尼不来，我就不走。

**二把手**（伸手向镜头以外指去）_ 你！蛮兵！过来。

**伊尼戈**_ 老子——等着——维兹尼——

**一个声音**（从镜头以外）_ 你可真是个小淘气。

伊尼戈感到有一只手放在了自己的背上。这是一只奇大无比的手。他看了看那只大手，又比了比自己的小手。

**费兹克**_ 你好啊。

**伊尼戈**_ 是你。

**费兹克**_ 没错！

那个二把手刚准备把伊尼戈敲晕，费兹克就赏了他一记肥拳。

二把手被打闷了。他慌忙倒退着跑远了，好像一枚从大炮中射出的炮弹。

过了一会儿，我们听见了一记碾压声，很显然，他被一个巨大的东西撞倒了。

费兹克放下伊尼戈。

**费兹克**_ 你看起来有点儿憔悴。（伊尼戈呼出一口气以表抗议。）你的口气也不敢恭维。

**伊尼戈**_ 也许吧。但我感觉挺好的。

**费兹克**_ 是吗？

费兹克放下伊尼戈,伊尼戈便晕了过去——

**切入**

盗贼林某废弃酒馆内。

伊尼戈无精打采地坐着,费兹克正喂他吃东西。

**爷爷(从镜头以外)**_ 费兹克和伊尼戈重聚了。费兹克悉心照料这位朋友,告诉了他维兹尼的死,还有鲁根伯爵就是六指人的消息。伊尼戈寻找这位仇人这么多年,听到这消息时竟然很平静。

接着他又晕倒了,一头栽进了碗里。

**切入**

两大缸水,一缸是烫的,另一缸是冰的。费兹克一言不发地把伊尼戈的脑袋摁进了冰的那缸,过了一会儿之后把他拉出来,摁进烫的那缸,然后又摁回冰的那缸,如此循环往复——

**爷爷(从镜头以外)**_ 费兹克竭尽全力帮助伊尼戈恢复昔日的神采。

**伊尼戈(挣脱费兹克,向外跑去)**_ 够了,够了!那个鲁根在哪儿？我要杀了他！

**费兹克** 他和王子一起在城堡里。但是城门有三十个士兵驻守。

**伊尼戈** 你能搞定几个？

**费兹克** 最多十个吧。

**伊尼戈**（掐指算了算） 那就是说我得对付二十个。我从没一次打败过那么多人。（他难过地坐下了。）我需要维兹尼帮忙。我可不会策划什么的。

**费兹克** 但维兹尼已经死了。


**切入**

两人一脸消沉。忽然间，伊尼戈眼睛发亮，好像想到了什么。


**伊尼戈** 不，不用维兹尼也行。我要找那黑衣男。

**费兹克** 你说啥？

**伊尼戈** 他用力量打败了你，用剑击败了我。他肯定还用智慧战胜了维兹尼，有这样能力的人，策划起进攻城堡来肯定是轻而易举。咱们走——

**费兹克** ——去哪儿？

**伊尼戈** 当然是去找黑衣男啦。

**费兹克_** 但你都不知道他在哪儿。

**伊尼戈（进入一种狂热状态）_** 别跟我磨叽啦,都二十年了,我父亲的灵魂终于可以安息了。

**切入、特写**

伊尼戈。

**伊尼戈（激动地）_** 今晚要见血啦!

**切入**

亨珀丁克王子的房间。

屋子里到处都是地图、文件。耶林走进房间,跪了下来。

**亨珀丁克（磨着他的匕首）_** 起来报告吧。

**耶林_** 盗贼林已经撤空了。现在有三十个人守着城门。

**亨珀丁克_** 增派兵力。必须确保公主的安全。

**耶林_** 城门只有一把钥匙,在我这儿。

他亮出脖子上的一条铁链,上面拴着的钥匙。

这时,金凤花走进了房间。

**亨珀丁克_** 啊!我娇贵的公主!今晚我们将喜结良缘。明天一早,你的侍卫将会护送我们到弗洛林海峡,我的整支舰队将会等候在那里，陪伴我们踏上蜜月之旅。

**金凤花**_ 你是说，除了那四艘最快的船吧。

王子茫然地看着她。

**金凤花**_ 除了那四艘送信的船。

**亨珀丁克**_ 对，对，那当然。那四艘当然不在。

**耶林（鞠躬退下）**_ 陛下，殿下。

## 切入

金凤花瞪着亨珀丁克。

**金凤花**_ 看来你没有送出我的信，别骗我了。不过没关系，韦斯利还是会来救我的。

**亨珀丁克（凶狠了起来）**_ 你真是个傻姑娘。

**金凤花**_ 没错，我是傻，傻得没有早点看清你这个满心恐惧的懦夫。

**亨珀丁克（就快暴跳如雷，咬牙切齿道）**_ 说这话可不是明智之举。

**金凤花**_ 怎么不明智了？你伤害不到我。韦斯利和我彼此相爱。无论是一千条猎狗，还是一千把剑，你都破坏不了我们的爱情。我说你是懦夫，因为你是这个地球上出现过的最最卑鄙无耻的软蛋。

**切入**

亨珀丁克失控了,他狠狠地拽起了金凤花的头发,气得口齿不清。

亨珀丁克_　说这话可不是明智之举。

**切入**

城堡的一条走廊,王子撞开金凤花的房门,接着又摔上,锁好,暴跳如雷地跑开了。

**切入**

韦斯利被绑在死亡机器上,但机器现在是关闭状态。鲁根伯爵正在他的笔记本上写东西。他抬起头,看到王子怒气冲冲地走下了台阶。

亨珀丁克(对韦斯利说)_　你们真心相爱,你们也许可以终成眷属。不管那些故事写得再怎么美妙,一百年间都没有任何一对情侣能有好下场。所以我看,未来一百年没有哪个人会比你更痛苦。

说完这些话,他转身打开了死亡机器,抓起推杆——

**切入**

鲁根伯爵大喊——

**鲁根**_ 别推到五十！！
但是，太迟了——

**切入**

亨珀丁克王子把推杆一把推到刻度板顶端——

**切入**

韦斯利的脸。此刻他的痛苦是前所未有的。随着痛苦不断加剧——
死亡之号。随着死亡之号开始响起 ——

**切入**

这声音穿透绝望之穴，响彻云霄——

**切入**

耶林和他的六十个蛮兵。听到这个声音后，有几个蛮兵惊恐地面面相觑，嘶鸣声持续不断——

**切入**

金凤花在她的房间里。她听见了这声音,不知道它是什么,但她的双臂不由自主地开始试图控制自己发抖的身体,嘶鸣声持续不断——

**切入**

横跨河流的远景。人头攒动——这是弗洛林建国五百周年的日子。但当人们听到那声音时,所有人都停住了。有几个孩子脸色苍白,奔向各自的父母——

**切入**

伊尼戈和费兹克试图穿过拥挤的市场,当嘶鸣声响起时,人群一下子安静了下来。

**伊尼戈**(马上开口)_ 费兹克,费兹克,听,你听见了吗?那是极端痛苦的人发出的声音。当年鲁根杀了我父亲时,我心里发出的正是这个声音。现在这个声音是黑衣男发出的。

**费兹克**_ 黑衣男?

**伊尼戈**_ 他的爱人今晚就要嫁给别人了,还能有谁有这样极端痛苦的理由。

（试图通过人群） 借过——

这里实在太拥挤了。

**伊尼戈_** ——抱歉，我有要事在身——

人群纹丝不动，嘶鸣声快要消失了。

**伊尼戈_** ——费兹克，只能拜托你了——

费兹克放声大吼。

**费兹克_** 大伙儿们……动起来！！

人群让出一条通道，他和伊尼戈觅着那正在消逝的声音而去。

**伊尼戈_** 谢谢。


**切入**

绝望之穴附近的一片树林。

白化病男子推着一辆手推车出现。这时，我们看到他的胸前出现了伊尼戈的剑。


**伊尼戈_** 黑衣男在哪儿？

白化病男子摇摇头，没有回答。

**伊尼戈_** 就在这片林子的哪个地方藏着吧？

还是没有回答。

**伊尼戈_** 费兹克，帮他回忆回忆。

费兹克对着白化病男子的脑门猛拍一记，好像在用榔头敲钉子。白化病男子还没来得及叫出声，就倒下了。

**费兹克**（难过地）_ 真抱歉，伊尼戈。我没想到下手这么重。伊尼戈？

## 切入

伊尼戈双膝跪地，手里紧紧握着他的剑。他面向树林闭上双眼，开始喃喃自语，他的声音低沉而怪异。

**伊尼戈**_ 父亲，我让您失望了二十年。现在，我们的痛苦总算可以结束了。附近……附近的某个地方有一个人可以帮助我们。凭我一个人的力量无法找到他。我需要您。我需要您的在天之灵指引我的宝剑。求您了。

现在他站起了身，眼睛还是闭着。

**伊尼戈**_ 请您指引我的宝剑。

## 切入

树林中，闭着眼的伊尼戈开始向前走，手里握着他的宝剑。

费兹克一脸惊恐地紧紧跟在他身后。

**切入**

能打开台阶的秘密树节。

**切入**

伊尼戈在树林间闭眼行走。他在那个树节前稍作停留,又离开了。

然后,伊尼戈停下了脚步。他一动不动地站了好一会儿。忽然间他旋转起来,双眼依然紧闭,接着,他的剑击中了一个树节——

什么动静都没有。他失败了。

他绝望地瘫倒在那个树桩边。他的身体压到了另一个树节。他压到的正是那个树节。秘门开启,露出了台阶。费兹克和伊尼戈互望一眼,然后走了下去。

**切入**

韦斯利已被死亡机器折磨致死。费兹克弯下腰去听他的心跳。然后他看着伊尼戈,摇了摇头。

**费兹克**_ 他死了。

伊尼戈非常绝望。他消沉了好一会儿。

**伊尼戈(几乎说不出话来)**_ 这太不公平了。

**男孩（从镜头以外）**_ 爷爷——爷爷——等等——

## 切入

男孩的房间。

他无比激动，看起来前所未有的精神。

**男孩**_ 等等——费兹克说"他死了"，是什么意思？我是说，他不是真死了吧。（爷爷坐着没有回答。）韦斯利是在装死吧？

**爷爷**_ 你还想不想听我念了？

## 切入、特写

男孩。

**男孩**_ 那亨珀丁克落在谁手里了？

**爷爷**_ 我不明白你的意思。

**男孩**_ 谁杀了亨珀丁克王子？最后总得有人干掉他吧。是伊尼戈吗？是谁啊？

**爷爷**_ 没人，没人杀他。他活下来了。

**男孩**_ 你是说他赢了？天啊，爷爷！您干吗要给我念这种故事？

他激动地挥舞着双臂。

**爷爷**_ 我说孩子,你病得可不轻,这故事你还挺当真。我想咱还是不念了吧。

他准备站起身。

**男孩(拼命摇头)**_ 不要!我好着呢,我没事儿。

(指着椅子)您坐下吧,求您了。

**爷爷**_ 好吧。

(坐下并再次打开书) 好吧,看看,刚才讲到哪儿了?哦对了,绝望之穴。


**切入**

伊尼戈一脸绝望。(我们回到了洞穴中,还是之前那个镜头。)他消沉了好一会儿。


**伊尼戈**_ 姓蒙托亚的从来不轻易认输。来吧,费兹克,把尸体背上。

**费兹克**_ 背着?

**伊尼戈(没有停下脚步)**_ 你身上有钱吗?

**费兹克**_ 有一点儿。

**伊尼戈**_ 希望这钱能买下一个奇迹。

费兹克背起尸体,跟着伊尼戈走上台阶。

**切入**

一间小茅屋,时间是黄昏。

伊尼戈、费兹克和韦斯利来到门前。他们敲了敲门。屋里传来一个矮人的声音。如果梅尔·布鲁克斯①的"两千岁老人"②真的是个老头,那他的样子看起来会跟这个人差不多,这个人是神奇的麦克斯。

**神奇的麦克斯**(从镜头以外)_ 滚开!

伊尼戈用力捶门。

**神奇的麦克斯**(打开门上的一个小窗)_ 什么事儿?什么事儿?

**伊尼戈**_ 您是多年来效忠于国王的那个神奇的麦克斯吗?

**神奇的麦克斯**_ 国王那该死的儿子把我炒了。非常感谢您提起这个痛苦的话题。干吗不再往我的伤口上撒点儿盐呢?我们现在不接客!

他关上窗户。他们继续敲门。

**神奇的麦克斯**(打开小窗)_ 再敲,我就叫野蛮分队来了。

---

① 梅尔·布鲁克斯(1926— )美国编剧、演员。
② 梅尔·布鲁克斯1975年编剧并主演的短片《两千岁老人》中的主人公。

**费兹克**　我就是野蛮分队的。

**神奇的麦克斯（看着巨人）**　我看你就是野蛮分队。

**伊尼戈**　我们需要一个奇迹。这很重要。

**神奇的麦克斯**　您瞧,我已经退休了。而且你们为什么会需要一个被国王该死的儿子炒鱿鱼的家伙呢?你们想要奇迹,没准我还能把人给弄死了。

**伊尼戈**　他已经死了。

**神奇的麦克斯（第一次露出了感兴趣的表情）**　死了啊?那我看看吧,把他送进来。

他打开门,让他们进屋。

**切入**

伊尼戈和费兹克赶紧进屋。费兹克扛着身体已经开始僵硬的韦斯利。他把韦斯利放在壁炉边的一条长凳上。麦克斯提起韦斯利的一只胳膊,他一松手,胳膊僵僵地落下了。

**神奇的麦克斯**　我见过比这更糟的。

他端详起韦斯利来,看看这儿,又摸摸那儿。

**伊尼戈**　老先生,老先生。

**神奇的麦克斯**　啊?

**伊尼戈**　我们赶时间呢。

**神奇的麦克斯**（他可从不听人使唤）_ 别催我,孩子。你一催神仙,奇迹就完蛋。你有钱吗?

**伊尼戈**_ 有六十五。

**神奇的麦克斯**_ 我去!我可没收过这么点儿钱,只有一次例外,那可是一次高尚的工作。

**伊尼戈**_ 这次也很高尚,老先生。

（指着韦斯利） 他老婆是瘸子,孩子们都快饿死了。

**神奇的麦克斯**_ 少忽悠我,你这该死的骗子。

**伊尼戈**_ 我需要他为我二十年前被人谋杀的父亲报仇。

**神奇的麦克斯**_ 第一个版本还好点儿。

（环顾四周） 我的鼓风机呢?

（找到了） 我看他是欠你俩钱吧?好吧,我来问问他。

他拿来了一个硕大的鼓风机。

**伊尼戈**（一脸吃惊）_ 他死了,不能说话。

**神奇的麦克斯**_ 真是个万事通。跟你们说吧,你们这个朋友刚好是差不多死了。"差不多"死了和"完全"死了可是有很大区别的。请你帮忙把他的嘴打开。

伊尼戈照做了。麦克斯把鼓风机塞进韦斯利嘴里,开始往里打气。

**神奇的麦克斯**_ 差不多死了,就是还微微活着的意思。完全死了嘛……那就只有一件事儿能做了。

**伊尼戈** 什么事儿？

他停下手中的动作。

**神奇的麦克斯** 从他衣服里搜点儿零钱咯。

他开始继续打气。

**神奇的麦克斯（对韦斯利说）** 嘿！里面的那个，您好啊！您有什么重要的事儿啊？您有什么东西值得您继续活着？

接着他轻轻按压韦斯利的胸口。

**韦斯利** 知……恩……爱……

所有人都盯着躺在长椅上的韦斯利。

**伊尼戈** 真爱。您听见了吧。没有什么比这更高尚的了。

**神奇的麦克斯** 孩子，没错，真爱是这世上最美妙的东西。不过呢，它还是赛不过一个美味的羊生西——羊肉生菜西红柿三明治，那羊肉精瘦味美，西红柿熟透。我可爱吃那玩意儿了。但是，他说的可不是"真爱"。他说的是"真害"，我们都知道，"真害"就是"真坏"。所以我看，你们当时八成在打扑克，他作弊了——

**一个女人的声音** 骗人精——你——骗——人——

一个叫作瓦莱丽的暴怒老妇从一间小黑屋中蹿了出来，扑向麦克斯。

**神奇的麦克斯** 离我远点儿，老巫婆——

**瓦莱丽** 我不是什么老巫婆，我是你老婆。但听了你刚才说的那些话，我得考虑考虑我是不是要继续当你老婆了。

**神奇的麦克斯** 当我的老婆可是你这辈子的福分。

**瓦莱丽** 他说的是"真爱"，"真爱"，麦克斯。老天爷——

**神奇的麦克斯（往后退步）** 住嘴，瓦莱丽。

**瓦莱丽（转向伊尼戈和费兹克）** 他这是害怕。自从被亨珀丁克王子炒鱿鱼以来，他一直都畏畏缩缩的。

**神奇的麦克斯** 你干吗要提那个名字。你跟我保证了不会再提起那个名字的。

**瓦莱丽（穷追猛打）** 什么名字，亨珀丁克吗？亨珀丁克。亨珀丁克。哦哦，亨珀丁克——

**神奇的麦克斯（用手捂着耳朵）** 我不听。

**瓦莱丽** 一个生命正在逝去，你居然还没有勇气说你为什么不肯帮忙——

**神奇的麦克斯** 我什么都听不见！

**瓦莱丽** 亨珀丁克。亨珀丁克！亨珀丁克！

**伊尼戈** 这是金凤花真正的爱人，如果你们把他救活了，他就能破坏亨珀丁克的婚礼。

**瓦莱丽** 亨珀丁克。亨珀丁克——

**神奇的麦克斯（对瓦莱丽说）**_ 闭嘴!

**（现在对伊尼戈说）** 等等，你等等。你是说我把他救活了，亨珀丁克就要倒霉了?

**伊尼戈**_ 他会羞辱万分!

**神奇的麦克斯**_ 这可是高尚的工作。把那六十五给我，这活儿我揽了。

瓦莱丽激动地尖叫着——

## 切入

一颗丸子。它比网球小一些。

## 镜头拉远

筋疲力尽的麦克斯和瓦莱丽一脸骄傲地看着这个东西，瓦莱丽给丸子抹上一层好像巧克力一样的黏浆。伊尼戈和费兹克也紧紧地盯着那东西，但是两人的眼光有些疑虑。

**伊尼戈（略带吃惊）**_ 这就是奇迹丸?

麦克斯点点头。

**瓦莱丽（快完成了）**_ 抹上巧克力容易吞咽。等十五分钟后服用，效果最好。服用后不能马上下水，得等多长时间来着?

**神奇的麦克斯**_ 一小时。

**瓦莱丽**_ 对,一小时。

**神奇的麦克斯**_ 一小时,不能少哦。

伊尼戈接过药丸,费兹克抱起已经像木板一样僵硬的韦斯利。

伊尼戈向门外走去,费兹克紧随其后。

**伊尼戈**_ 感谢你们做的一切。

**神奇的麦克斯**_ 好的。

**瓦莱丽(招手送客)**_ 再见,孩子们。

**神奇的麦克斯**_ 祝你们攻城开心哦。

**瓦莱丽(问麦克斯)**_ 你觉得那丸子能有用吗?

**神奇的麦克斯**_ 只能保佑奇迹出现咯。再见!

**瓦莱丽**_ 再见。

两人故作快乐状地招着手——


## 切入

费兹克、伊尼戈和韦斯利来到了城堡的外围城墙的顶端。他们往下看了看城堡大门。六十个蛮兵正驻守着城门。

蛮兵的数量让费兹克大吃一惊。他不安地向伊尼戈转过身,后者正试图让韦斯利倚着墙坐好。

**费兹克**_  伊尼戈,这儿可不止三十个兵啊。

**伊尼戈**(不以为意)_  怕什么?

(指指半死的韦斯利)  我们有他呢。帮我一把,我们得把药丸给他塞下去。

**费兹克**_  十五分钟已经到了吗?

**伊尼戈**_  没时间了——婚礼半小时就要开始了,我们得在那之前扭转乾坤。

说话间,费兹克用尽全身力气,终于让韦斯利坐直了,伊尼戈拿出了奇迹丸。

**伊尼戈**_  让他的头往后仰。掰开他的嘴。

**费兹克**(一一照做)_  我们得等多久才能知道这药丸有没有效果?


**切入**

伊尼戈把药丸放进韦斯利的嘴里。


**伊尼戈**_  这你问我也没用。

**韦斯利**_  我要把你们打得屁滚尿流。我要让你们尝尝我的厉害。

**费兹克**_  看来药效很快嘛。

伊尼戈和费兹克喜出望外,只有韦斯利对自己的复活不以为意。

**韦斯利** 我的胳膊怎么动不了了？

他一动不动地坐着，好像一个口技演员的傀儡。

**费兹克** 你差不多死了，得有一整天呢。

**伊尼戈** 我们让神奇的麦克斯做了一个药丸，把你救活了。

**韦斯利** 你们是谁？我的敌人吗？我为什么在这座城墙上？金凤花在哪儿？

**伊尼戈** 我来解释——

（**稍作停顿**） 算了，还是长话短说吧。还有不到半小时金凤花和亨珀丁克的婚礼就要举行了，所以咱们得闯进去，破坏婚礼，劫走公主，等我杀完鲁根伯爵，咱们再一起逃走。

**韦斯利** 听起来有点儿匆忙啊。

他看着自己的手指，其中一根抽搐了一下。

**费兹克** 你的手指刚才动了，太好了。

**韦斯利** 我一向都恢复得很快。

（**问伊尼戈**） 我们有什么要对付？

**伊尼戈** 只要攻破城门而已。

费兹克帮伊尼戈把韦斯利抬高了一点儿，好让他看见城门的情况。

**伊尼戈** 城门有六十个兵守着。

**韦斯利**_ 那我们有什么资本？

**伊尼戈**_ 你的头脑、费兹克的力量，还有我的剑。

### 切入

韦斯利此刻的表情绝对是非常震惊。

**韦斯利**_ 就这些？开玩笑吧你。如果给我一个月来策划，可能还能想出个什么法子。可这……

他不停地摇头。

### 切入

伊尼戈和费兹克。

**费兹克（试图活跃气氛）**_ 你刚才摇头了。你应该挺高兴的吧？

**韦斯利**_ 我的头脑、他的剑、你的力量，要对付六十个人，你觉得在这种情况下，动脑袋是件值得庆祝的事儿吗？如果我们有个手推车，倒还能管点儿用。

**伊尼戈**_ 那白化病男的手推车我们放哪儿了？

**费兹克**_ 好像放那人身上了。

**韦斯利**_ 你们早该把这列进咱们的资本清单了。这东西比火术斗篷都管用。

**伊尼戈**_ 斗篷我们可帮不了你。

**费兹克**（从衣服里掏出一件来）_ 这件怎么样？

**伊尼戈**（惊讶地问费兹克）_ 这是哪儿来的？

**费兹克**_ 在神奇的麦克斯家找到的，可合身了。他说送我了。

**韦斯利**_ 好吧，好吧。赶紧的，扶我起来。

伊尼戈和费兹克扶韦斯利站起来。

**韦斯利**_ 然后，我还需要一把剑。

**伊尼戈**_ 干什么用？你的胳膊都动不了。

**韦斯利**_ 没错，但这又不是人尽皆知，你说是吧？

他的脑袋往后耷拉了下去。费兹克把它扶起来。

**韦斯利**_ 谢谢。不过，如果我们进去了，可能还会有问题。

**伊尼戈**_ 我上哪儿找伯爵？等我找到他，杀了他，我怎么再去找你？等我找到你了，咱们怎么逃出去？

**费兹克**（生气地）_ 别追着问啦，他可刚刚才活过来。

**伊尼戈**（点点头）_ 对，对，真抱歉。


**切入**

三人的侧影镜头。他们蹑手蹑脚地在城墙上前进。风声中，我们听见了下面这段对话——

**费兹克**_ 伊尼戈。
**伊尼戈**_ 怎么了?
**费兹克**_ 希望咱们能成功……

**切入**

金凤花身穿新娘礼服,无比美丽。震慑人心的不仅仅是她的容貌,此刻她的身上还多了一份宁静。

**镜头拉远**

王子正给她戴上一串珍珠项链。

**亨珀丁克**_ 你看起来可不怎么兴奋啊,我的小宝贝。
**金凤花**_ 我为什么要兴奋?
**亨珀丁克**_ 据我所知,当新娘的总该活跃一点儿。
**金凤花**(平静而自信地)_ 今晚我不会成为你的新娘。

**切入**

金凤花一脸平静。

**金凤花**　我的韦斯利会来救我。

**切入**

此刻，她的韦斯利正和伊尼戈与费兹克一同观察下方的城门。

**切入**

城堡主城门。

耶林和六十个蛮兵严守城门。

**切入**

韦斯利、伊尼戈和费兹克望着他们的敌人。是时候发起进攻了。伊尼戈和费兹克握了握手。

这韦斯利可做不到，但他努力地左右摇晃了几下，弹出一只胳膊，放在了两个朋友的手上。

**切入**

一座富丽堂皇的小教堂内。

**镜头拉远**

一个看起来无比睿智、威严的牧师。金凤花和亨珀丁克跪在牧师面前。他们身后坐着小声咕哝的老国王和皇后。站在后方的是鲁根伯爵。

四名守卫驻守着教堂大门的两侧。

**威严的牧师（清清嗓子，开始说话）_** 婚旎……今天，一场婚旎儴我们相聚在这旎……

他有严重的口齿不清的毛病。

**威严的牧师_** 婚旎，是天赐的娘缘，是脑天安排的幸胡……

此刻，城堡之外传来一阵骚动。然后——

**耶林（从镜头以外）_** 大家站好队形，不要乱。

**切入**

骚动果然来自城门外的耶林和蛮兵们，他们一脸惊恐地伸手指向——

**耶林_** 大家站好队形。

**切入**

他们的视角：眼前的景象的确令人有些不安——黑暗中，一个巨大的身影正向他们飘来，这是一个披着一件奇怪斗篷的巨人,他的声音能够震碎城墙。

**费兹克**＿ 我是恶海盗罗伯茨。我不会给人活路。

**切入**

费兹克看上去像飘在半空中,是因为他站在一辆手推车上。伊尼戈藏在他背后,一边推车前进,一边还得扶着韦斯利,简直要累垮了。

**伊尼戈**＿ 现在吗?
**韦斯利**＿ 再等等。

**切入**

巨人越飘越近了。

**费兹克**＿ 我的人在这儿,我也在这儿,不过很快你们就会从这儿消失了——

**切入**

耶林忙着控制住他手下的蛮兵,或者说他在努力这么做,他不断下达命令,蛮兵还是挤作一团——

**切入**

伊尼戈和韦斯利。伊尼戈顶两个人的重量,奋勇地挣扎前进——

**伊尼戈**_ 现在吗?
**韦斯利**_ 把他点燃吧。

**切入**

蛮兵们看着巨人瞬间熊熊燃烧起来。

**费兹克(咆哮着)**_ 恶海盗罗伯茨不留活口。你们所有的噩梦马上就要成真了。

**切入**

教堂里,威严的牧师继续念经。

**威严的牧师**_ 爱情,真爱,会永远与里们奴影随行……

**切入**

亨珀丁克王子迅速转身,向鲁根伯爵点头示意,后者立刻带着四个守卫离开了教堂。

**切入**

费兹克浑身燃烧,恐怖至极。

**费兹克_** 恶海盗罗伯茨来取你们的小命了!

**切入**

耶林看着蛮兵们开始惊慌地四处逃窜——

**耶林_** 待在原地。你们给我待在原地!

**切入**

教堂内。

**威严的牧师_** 珍惜里门的爱情吧……
**亨珀丁克_** 直接说最后的部分吧。
**威严的牧师_** 里带戒指了吗?

亨珀丁克掏出戒指——这时,教堂外的尖叫声已经非常大了。

**金凤花_** 我的韦斯利来了。

**切入**

费兹克脱下斗篷。

**韦斯利_**　费兹克，吊闸！

费兹克向前疾奔，抓住正在迅速下降的吊闸。费兹克抓住了吊闸，把它往上推了回去。耶林一脸害怕地看着。

**切入**

教堂内，亨珀丁克匆匆给金凤花套上戒指。

**亨珀丁克_**　你的韦斯利已经死了。

金凤花微笑着摇摇头。

**亨珀丁克_**　我亲手杀了他。

**金凤花（前所未有的平静）_**　那为什么你的眼神充满恐惧？

**切入**

亨珀丁克王子。她说得没错，他的眼神的确充满恐惧。

**切入**

耶林吓得紧紧靠在城门上。韦斯利、伊尼戈和费兹克向他逼近。

**韦斯利**_ 把钥匙拿出来。

**耶林（努力装）**_ 钥匙不在我这儿。

**伊尼戈**_ 费兹克,把他胳膊拧了。

费兹克向他前进一步。

**耶林**_ 哦,你们说的是这把钥匙吧。

他拿出钥匙,乖乖地交给费兹克。

## 切入

亨珀丁克、金凤花和威严的牧师。

**威严的牧师**_ 金混发公主,里是吼……

**亨珀丁克**_ 合法夫妻!快说合法夫妻……

**威严的牧师**_ 合法夫妻。

**亨珀丁克（向国王和皇后转过身）**_ 你们把新娘送回蜜月套房。我一会儿过去。

他转身向外跑去——

## 切入

金凤花一脸茫然地站在原地。

**金凤花**_ 他没有来。

**切入**

鲁根伯爵带着四名守卫在城堡内飞奔,当他们来到一个几条走廊交错的岔道口,鲁根停下了脚步,露出了难以置信的表情——

**切入**

韦斯利、伊尼戈和费兹克正向他们走来。事实上,韦斯利是由费兹克拖着前进的,而他手里提溜着耶林的剑,好像一条拖在地上的、僵硬的狗尾巴——韦斯利没有力气把剑举起来。

**切入**

鲁根伯爵。双方的对峙即将开始。

**鲁根**_ 把穿黑衣的和大个子杀了,另外那个留下问话。
他的士兵发起进攻——
伊尼戈疯狂地舞起了剑,这几个士兵身手也许不错,甚至可能不仅仅是不错而已,但是他们根本没有机会施展。因为现在的情况是，伊尼戈进入了一种疯魔的状态，他的六指剑前所未有的快，还没等第一个士兵倒地，四个人就全死在了他手下。一阵短暂的停顿之后——

**伊尼戈（平静地对鲁根说）** 你好。我叫伊尼戈·蒙托亚。你杀了我父亲。受死吧。

**切入**

鲁根伯爵手里握着剑，在原地愣了一秒钟。然后他做出了最最出人意料的举动：他转过身，逃之夭夭。

**切入**

伊尼戈惊了一下，然后开始追赶他，留下韦斯利和费兹克面面相觑。逃跑中的鲁根经过一扇大木门后，立马转身关门上锁。伊尼戈赶到，开始拼命地撞门。他连续撞击，但根本无法把这扇坚实的木门撞开。

**伊尼戈（大喊道）** 费兹克，快过来帮我——

**切入**

费兹克提着还不能自己走路的韦斯利。

**费兹克(意指韦斯利)**_ 可他怎么办?

**切入**

伊尼戈还在拼命地撞门。

**伊尼戈**_ 他要逃跑了,费兹克,拜托了,费兹克!

**切入**

费兹克和韦斯利。

**费兹克(对韦斯利说)**_ 我去去就回。

他把韦斯利靠在一具大盔甲旁,向伊尼戈的声音传来的方向跑去——

**切入**

伊尼戈还在撞门。费兹克向他走近,示意他停下,他只是上前用手轻松一锤,这扇门就被打劈了——

**伊尼戈**_ 谢谢——

伊尼戈继续飞奔向前,费兹克向韦斯利的方向走去。

**切入**

金凤花与国王和皇后一起走着。精神更为矍铄的皇后走在前面。

**国王（口齿不清地）_** 好奇怪的婚礼。

**皇后_** 是啊,真是一场奇怪的婚礼。咱们继续走吧。

金凤花温柔地示意国王停下,吻了一下他的额头。他又惊又喜。

**国王_** 这是干什么?

**金凤花_** 因为您对我太好了。可惜我再也见不到您了,因为等我们到了蜜月套房,我就会自杀。

国王笑着继续往前走——他的耳朵已经不太灵光了。

**国王_** 那可真不错。

**（向皇后喊道）** 她刚才亲了我一口……

与此同时——

**切入**

鲁根伯爵在走廊间狂奔,当他回头往后看时——

**切入**

伊尼戈正穷追不舍。

**切入**

费兹克站在放有盔甲的岔道口,韦斯利已经不见了踪影,他是怎么离开的,费兹克百思不得其解。

**切入**

鲁根伯爵冲出一个房间,迅速跑下一段台阶。他抽出一把刀尖锋利、刀刃为三角形的匕首,继续飞奔——

**切入**

伊尼戈就快追上来了,他也跑下了台阶,来到了城堡的餐厅——

**切入**

鲁根伯爵飞出匕首——

**切入**

伊尼戈试图闪身,但匕首猛扎进了他的胃部,他无助地倒在了房间的墙壁上,目光开始变得呆滞,鲜血从他的伤口不断淌出来。

整个房间在他眼前快要变成一片空白。

**伊尼戈**_ ……对不起,父亲……我努力了……我已经努力了……

### 切入

鲁根伯爵看着站在自己对面的伊尼戈。他盯着伊尼戈的脸,回忆起了往事,然后摸了摸自己的脸颊。

**鲁根**_ 你肯定是那个好多年前被我教训了一顿的西班牙小杂种。这真是太不可思议了。你找了我一辈子,为的就是这样的下场?这似乎是我听说过的悲剧中的悲剧了。真有你的。

伊尼戈慢慢倒下。

### 切入

金凤花关上蜜月套房的门,安静地走向房间的另一端,在一个桌子前坐下,打开了一个首饰盒。她拿出一把锋利的匕首。她用刀尖抵向自己的胸口,看起来非常平静。

**韦斯利**_ 这世上完美的胸脯可不多啊。如果你的毁了,那多可惜。

金凤花转过身——

**切入**

韦斯利躺在床上。他身边放着耶林的剑。他的声音听起来很正常,但他一动不动。

金凤花飞奔到床上,不停地吻他。韦斯利动弹不得。

**金凤花**_ 哦,韦斯利,亲爱的。

(继续吻个不停) 韦斯利,你为什么不抱抱我?

**韦斯利(小声说)**_ 轻点儿。

**金凤花**_ 这时候你就会说这个?"轻点儿"?

**韦斯利(这次不那么小声了)**_ 轻点儿啊!!

她松了手,他的脑袋便撞到了后方的床头板——

**切入**

鲁根伯爵一脸吃惊。

**鲁根**_ 上帝,你还是想要赢我吗?

**镜头拉远**

伊尼戈挣扎着把匕首从肚子里拔了出来。他用左手捂着伤口。

站在餐桌边的鲁根走了起来,举着剑向伊尼戈逼近。

**鲁根**_ 你的复仇欲望还真是强烈。有一天这会给你惹上麻烦的。

伊尼戈看着伯爵步步逼近，伯爵把剑抵在伊尼戈的胸口，伊尼戈没有什么办法，只能试图用六指剑挡开对方的攻击，接着，鲁根伯爵的剑深深插进了伊尼戈的左肩。

伊尼戈似乎没有感觉到这一剑的来袭，这不是他最严重的伤口。

**切入**

伯爵后退一步，试图再次袭击伊尼戈的心脏。

**切入**

面对进攻，伊尼戈试图以墙壁作为支撑，站稳脚跟，起先这并不太成功，但至少他有了些进展，他再次挡开了刺向自己心脏的剑，而这一次鲁根的剑刺进了他的右臂。伊尼戈似乎还是没有感觉到疼痛。

**切入**

鲁根伯爵后退一步，看着伊尼戈慢慢站起身来，在伯爵发起又一次进攻之前，伊尼戈也挥出了剑。这出乎鲁根的意料,他后跳一步,惊呼出声来。

**切入**

伊尼戈慢慢地离开了墙壁。

**伊尼戈**(声音微弱)＿ 你好。我叫伊尼戈·蒙托亚,你杀了我的父亲。受死吧。

**切入**

鲁根伯爵忽然发起了疯狂的进攻,剑术高超的他出手有力而精准,他很轻松地就逼退了伊尼戈,再次把他逼到墙边。但他并未突破伊尼戈的防线。他的几次攻击都未能命中目标。当伯爵后退了一步——

**切入**

伊尼戈再次慢慢展开了攻势。

**伊尼戈**(声音大一些了)＿ 你好。我叫伊尼戈·蒙托亚,你杀了我的父亲。受死吧。

**切入**

伯爵再次亮出他的绝技。但他的接连进攻依然无一命中,而伊尼戈现在正步步向他逼近。

**伊尼戈**(声音更大一些了)_ 你好。我叫伊尼戈·蒙托亚,你杀了我的父亲。受死吧。

**鲁根**_ 别再说了!

**切入**

鲁根伯爵已经退回餐桌边,他被控制得死死的。

伊尼戈现在向伯爵的左肩发起进攻,刺向与自己的伤口同样的位置。接着他又刺中了伯爵的右肩,同样也是伊尼戈刚才受伤的位置。

**伊尼戈**(用尽全身力气)_ 你好。我叫伊尼戈·蒙托亚。你杀了我的父亲。受死吧。

**鲁根**_ 不——

**伊尼戈**_ ——给我钱——

六指剑再度发起进攻,在鲁根的一边脸颊划出了一道血口子。

**鲁根**_ ——我答应你——

**伊尼戈**_ ——还有权力——跟我发誓——

宝剑再下一城,在鲁根的另一边脸颊划出了一道对称的口子。

**鲁根**_ ——我发誓,你还要什么,求你了——

**伊尼戈**_ ——我的每一个要求你都得满足——

**鲁根**_ ——你要什么我都给——

**伊尼戈(咆哮着)**_ 还我父亲,你这狗娘养的东西!

说话间——


**切入**

伊尼戈的进攻看得人眼花缭乱,宝剑发起了最后一次进攻——


**切入**

鲁根伯爵被刺中要害,他已经吓破了胆,叫得撕心裂肺——


**切入**

伊尼戈和鲁根,宝剑刺穿了伯爵的身体。两人就这样僵持了几秒钟,然后,伊尼戈拔出他的剑,伯爵倒地——

**切入**

鲁根死了。他面如死灰,瞪着两个充满惊惧的眼球,鲜血从脸颊的伤口汩汩地涌出。

**切入**

伊尼戈看着鲁根。现在,伊尼戈露出了前所未有的笑容。镜头在伊尼戈的笑容上稍作停顿,然后——

**切入**

蜜月套房内。

韦斯利像之前那样躺着,<u>丝毫未动</u>,他的脑袋还是靠着床头板,耶林的剑放在他的身边。金凤花坐在床边,她的目光寸步不离他的脸。

**金凤花_** 哦,韦斯利,你能原谅我吗?

**韦斯利_** 你最近又犯下了什么丑恶的罪行?

**金凤花_** 我结婚了。我不想结婚的。一切都发生得太快了。

**韦斯利_** 那并没有发生。

**金凤花_** 你说什么?

**韦斯利_** 那并没有发生。

**金凤花**　不是的。我们办过婚礼了。那个老先生说了"合法夫妻"四个字。

**韦斯利**　那你说"我愿意"了吗?

**金凤花**　那倒没有,我们跳过了那部分。

**韦斯利**　那你就不算结婚了。如果你没说"我愿意",那你就没有嫁出去。

(**稍作停顿**)你说呢,我的殿下?

## 切入

亨珀丁克走进房间,看着他们俩。他拔出剑。

**亨珀丁克**　这个技术环节的问题,稍后可以弥补。但是现在我们有要紧事儿得解决。受死吧。

**韦斯利**　不对。

(**稍作停顿**)应该说,受疼吧。

**亨珀丁克**(**停下了出剑的动作**)　这个说法恐怕我没听说过。

**韦斯利**　我来解释。对你这个猪头嘛,我会尽量用简单的词。

**亨珀丁克**　我生来好像还是头一遭被人如此侮辱。

**切入**

韦斯利惬意地躺着,他的声音起初很温和。

**韦斯利**_ 放心吧,还会有下次的。受疼吧的意思就是,首先,你会被砍断双脚,然后是双手,然后被割掉鼻子。

**切入**

亨珀丁克紧紧握着他的剑,看着韦斯利。

**亨珀丁克**_ ——然后是我的舌头吧?上次我让你死得太痛快了,今晚我可不会犯同样的错误。

**韦斯利**_ 我还没说完呢——接下来你会被挖去左眼,然后是右眼——

**亨珀丁克(向前一步)**_ ——然后是我的耳朵,我明白你的意思了。那我们就动手吧——

**切入、特写**

韦斯利。一个大特写。

**韦斯利**_ 错了!我会留住你的耳朵,让我来告诉你原因——

**切入**

亨珀丁克停下了脚步,婚礼时他眼中出现的表情,那种恐惧的眼神,又开始出现了。

**韦斯利_** ——因为留住你的耳朵,你就能听见每个被你的丑陋面容吓到的孩子的尖叫,每个因为你的靠近而哭泣的孩子,每个哭叫着"上帝,那是什么东西啊"的女人,他们的声音都会在你完美无缺的耳朵里回荡。这就是"受疼吧"的意思。我会让你从此生不如死。

**切入**

亨珀丁克竭力隐藏着开始在内心慢慢积聚的恐惧。

**亨珀丁克_** 我看你是在虚张声势——

**切入**

韦斯利躺着,瞪着他。

**韦斯利_** 的确有这种可能,猪头。我也许是在虚张声势,这完全有可能,你这个可悲的令人作呕的家伙,也许我躺在这里,是因为我没有力气站起来。但是,我也完全有可能站得起来。

现在,韦斯利开始慢慢移动。他直起腰,双脚落地,他开始站起来——

**切入**

亨珀丁克瞪大了双眼。

**切入**

韦斯利已经站直了身子,举起剑,摆出准备进攻的姿势。

**韦斯利**_ 放下你的剑!

**切入**

亨珀丁克王子被吓傻了。他把剑扔到了地上。

**韦斯利(对亨珀丁克说)**_ 找个座位坐下吧。

**切入**

亨珀丁克找地方坐下了。

**韦斯利(对金凤花说)**_ 把他绑起来。想绑多紧,就绑多紧。

当她开始五花大绑时——


**切入**

伊尼戈进了房间,他环顾了一下四周。


**伊尼戈**_ 费兹克呢?

**韦斯利**_ 我以为他跟你在一块儿呢。

**伊尼戈**_ 没啊。

**韦斯利**_ 那样的话——

他的平衡感开始露出了马脚。

**伊尼戈(对金凤花说)**_ 帮他一把。

**金凤花**_ 韦斯利怎么了?

**伊尼戈**_ 他没有力气——


**切入**

亨珀丁克现在开始拼命挣扎。


**亨珀丁克**_ 我就知道!我就知道你是虚张声势!我知道他是虚张声势。

**伊尼戈(看着王子)**_ 要我把他解决了吗?

**韦斯利（考虑了一下）** 谢谢，不过不用了。不管他对我们做过什么，我想看到他一辈子像个懦夫一样活下去。

**费兹克（从镜头以外）** 伊尼戈！伊尼戈，你在哪儿？

韦斯利和伊尼戈互望一眼，然后走到了阳台上——

## 切入

楼下，费兹克牵着四匹白色骏马。他抬起头，看到了阳台上的几个人。

**费兹克** 你在这儿呢。伊尼戈，我看到了王子的马厩，这四匹白马就在里面。我想了想，如果找到公主的话，咱们就有四个人……噢，你好啊，女士……所以我把它们带上了，如果咱们碰上了就可以用到它们。

**（稍作思忖）** 我想咱们果然是碰上了。

## 切入

伊尼戈、韦斯利和金凤花看着楼下的费兹克。

**伊尼戈** 费兹克，这事儿干得好。

**费兹克** 别担心，我不会得意忘形的。

他张开了他的大胳膊。

**切入**

令人意想不到、又非常可爱的一幕发生了：金凤花在空中飘了起来。当然，那是她从阳台上跳了下去，好让费兹克接住。但是这一跳是用慢镜头呈现的，所以你可能会以为她在飞。

韦斯利和伊尼戈看着费兹克接住金凤花。

**伊尼戈**＿ 说来奇怪，我干复仇这行太久了，现在大功告成，我还真不知道接下来该干点什么好了。

**韦斯利（伊尼戈帮他做好往下跳的准备）**＿ 考虑过海盗这行吗？你会成为一个很棒的恶海盗罗伯茨。

**切入**

四匹美丽的白马驮着他们的四个骑手，在夜色中绝尘而去……

**切入**

金凤花和韦斯利终于走过了重重考验。他们停下了。

**爷爷（从镜头以外）**＿ 他们向自由飞奔而去。随着黎明的到来，韦斯利和金凤花知道他们安全了。两人被一阵爱意席卷。他们向彼此靠近……

金凤花和韦斯利正要开始他们的最后一吻——


**切入**

男孩的房间。

爷爷忽然不念了。


**男孩**_ 然后呢？然后呢？

**爷爷**_ 没啦，又是亲嘴了。这你不爱听的。

**男孩**_ 我也没那么介意啦。

他央求爷爷继续念。

**爷爷**_ 好吧。


**切入**

金凤花和韦斯利。


**爷爷（从镜头以外）**_ 自从接吻这个动作被创造以来，历史上曾有五个吻被公认为是最富激情、最为纯净的。而这个吻把历史五佳远远甩在了身后。剧终。

**切入**

男孩的房间。

爷爷合上书。

**爷爷**_ 现在,我想你应该回去睡觉了。

**男孩**_ 好吧。

**爷爷(站起身,准备离开)**_ 好吧,好吧,好吧,再见咯。

**男孩**_ 爷爷?(老人停下脚步,转过身。)明天能不能再来给我念一遍?

**爷爷(稍作停顿,然后——)**_ 遵您所愿……

他的笑容说明了一切。

爷爷走出房间,最终淡出。

**剧终**